·奇想文库·

刺猬杰斐逊和
一桩失踪案

[法] 让－克劳德·穆莱瓦 著

[法] 安托万·龙佐 绘

张 昕 译

陕西新华出版

陕西人民教育出版社

奇想国童书
Everafter Books

项目策划　奇想国童书
特约编辑　聂宗洋
版式设计　李燕萍

目 录

献给科兰，当之无愧的刺猬专家。

——让-克劳德·穆莱瓦

说　明

这个故事发生在动物王国。那里的动物能直立行走，都穿着衣服，会说话，会做意大利面，还会修理燃气热水器。动物王国旁边就是人类世界。人类是最聪明的动物。

01

冷雨里，一辆雷诺小货车以每小时四十五公里的速度慢吞吞地行驶着。它已经有些年头了，没准儿甚至见过戴高乐将军[①]呢。破旧不堪的绿色车体看起来已经接近报废的程度，右侧的车身凹进去一块，两盏圆圆的车前灯好像小动物的两只圆眼睛，忧伤地瞪着前方。

小货车向左转弯，开上一段土路，开过公交车候车亭，摇摇晃晃地前行，之后在这条路尽头的一座小房子前停了下来。司机没有关闭引擎，似乎随时准备再次出发。他拉下手刹，嘟嘟地按了两下喇叭。那声音听起来就像有人哑着嗓子说话，简直有点儿可笑。

①戴高乐将军出生于1890年，逝世于1970年，是法兰西第五共和国的创建者。

小货车整个右侧车身上，画着一幅颜色劲爆的画，红色、黄色、绿色……真是让人眼花缭乱。画面的主人公是一只年轻的男性小猪，他身穿背带工作服，咧嘴大笑着，肩膀上还扛着一把巨大的活动扳手。在他的脑袋顶上，是一行手写的花花绿绿的字：

修暖气就找吉尔贝！

接着是一行小一点儿的字：

专修热水器、电暖器、风扇、空调……

最底下是一串电话号码。

此时，滑稽的一幕出现了：只见车门打开，车身上画着的暖气修理专家从车里跳了出来——只不过没拿扳手。只见他小心地关好车门，一路小跑到小房子前，敲了敲门。这一连串动作泄露了他此刻兴奋和急切的心情。

"阿杰！快开门！"

被叫作"阿杰"的这位朋友很可能没听见。巨大的音乐声从房间里传来，低音贝斯的节奏让整座房子的玻璃都跟着震动。吉尔贝毫不费力就听出，正在播放的是宇宙颂歌乐队的歌。宇宙颂歌乐队是动物王国最棒的摇滚乐队之一，由三头活力四射的野猪组成，创造力十足。她们的主打歌《擦肩而过》名列年度十大金曲，其中最有名的一句歌词是"在我们的腰带之上——这是我们神圣的头颅"，意思是"我们不光有魅力，还有头脑"。据说，这三位艺术家正准备在城里开一场演唱会。

"阿杰！快开门！是我！"吉尔贝不耐烦地大喊着，跑到窗前使劲敲了敲玻璃。

音乐声停了。过了几秒钟，杰斐逊出现在门口。这是一只大约七十厘米高的刺猬，也就是说，他站直了，差不多刚好可以从人类制作的桌子底下走过去。吉尔贝约莫比他高十五厘米。即便此刻杰斐逊独自在家，他仍然穿戴整齐：下身是一条熨得平平整整的裤子，上面甚至连一丝褶皱都没有；上身则是一件黄绿方格的套头衫。杰斐逊的头顶上立着一撮可爱的小刺，他特地用发胶把小刺弄得微微偏左，显得十分俏皮。

"进来吧。"

"不，我不进去了。你快出来。我这儿有个惊喜。"

杰斐逊勉强掩饰着自己的不情愿。他刚才正在复习功课，朋友的意外来访打乱了他的节奏。

"行吧。等我穿上鞋。"

吉尔贝看着他把脚放在穿鞋凳上，先右脚，再左脚，然后，又看着他把刚才穿的拖鞋端端正正地摆在门口的鞋架上——即便他很有可能在十分钟之后重新穿上它们。吉尔贝是那种一进门就直接把鞋子甩到屋子另一头的性格，不过，现在他已经懒得打趣杰斐逊的这份讲究了。第无数次了，他老老实实地等着杰斐逊穿好鞋，其间没有发表任何评论，只是在心里发发牢骚而已。

杰斐逊来到门外，瞪着停在那里的小货车：车身上画着五颜六色的画，还写着那句简单又逗趣的口号"修暖气就找吉尔贝！"。杰斐逊仿佛石化了似的，站在那里，一动不动。

"嗒哒！隆重介绍：这是我的蒂娜！"吉尔贝骄傲地介绍说。

"蒂娜……是你的车？"

"对呀！肯定不是我的姨妈！你觉得怎么样？"

"车身装饰画吗？我觉得棒极了。这是你妹妹画的吧？"

"是呀，棒呆了，对吧？"

"没错，特别带劲。可是，至于这辆车，它……"

"它怎么啦？"

杰斐逊没法儿把自己心里的真实想法说出来：这辆车看起来就要完蛋了，穷途末路，时日无多。

"这车跑了多少公里了？"

"阿杰，你也太没礼貌了吧！怎么能打听女士的年龄呢？好啦，我替蒂娜原谅你。上车吧。"

让杰斐逊意外的是，车厢里竟然很暖和。不过，这毕竟是暖气修理专家的车，暖和大概是起码的要求了。另一个不错的地方是，因为吉尔贝刚才没关引擎，所以它现在还在顺利运转着。

"这引擎好吵啊！"

"什么？"

"这——引擎——好——吵——啊！"

"没错。"吉尔贝笑呵呵地说，"一听就知道是好引擎，像这样……"

吉尔贝告诉杰斐逊，他在一个月以前正式自立门户了，这辆"还不到"三十岁的奇迹小车是他的父母在他的堂兄罗兰的推荐下送给他的——没错，就是那个在开心旅行社开大巴车的堂兄罗兰！他倒确实非常熟悉各种车辆和机械。乍一看，这辆车真的很像一堆破铜烂铁……那就再看一眼吧，杰斐逊心想。这时，他注意到仪表盘上有一块锈斑。

"阿杰先生，那可不是锈斑。"吉尔贝顺着他的目光看了一眼，"那是锈蚀。"

雨越下越大，吉尔贝打开了雨刮器，杰斐逊顿时大笑起来。只见一边的雨刮器软绵绵地拂过挡风玻璃，另一边的雨刮器则在玻璃上一跳一跳的，好像正在拼命追赶旁边的老大哥。如果换作其他人，听到朋友的大笑大概会觉得尴尬或者生气，但吉尔贝可不会这样，他从来不放过任何一个找乐子的机会。所以，他们俩全都捧腹大笑起来。他们这样一起"发疯"，从小学时候就开始了，那也是他们友谊的起点。有时候，他们会为此付出"惨痛的代价"，但是，想放声大笑的冲动总是超过了对受到惩罚的恐惧。他们经常会被罚站——双手背在身后，一脸惭愧。不过，哪怕是那种时候，他们也不能对视，否则很可能再次爆笑起来。

吉尔贝已经自立门户了！杰斐逊很吃惊，也多少有点儿嫉妒。这只小猪再也不用考试，再也不用被人打分了。他上了三年学，如今有了工作，可以自己赚钱；他自由了，可以独立生活。哎呀，杰斐逊简直可以预见：在不久的将来，吉尔贝将结婚生子，成为一家之主。可自己呢？还被困在大学里，跋涉在漫长的求学之路上——这条路到底会通向哪里呢？地理学科的确很有趣，也是他的热情所在，这没错，可他还得上整整五个学期的课，才能看到毕业的曙光——前提是他绝对不能挂科。

"那个，吉尔贝，我得回去了。期中考试从下周一开始，我得埋头复习才行。今天我一直在学习。"

"学习？哈哈哈哈……靠听宇宙颂歌乐队学习吗？"

"好了，我那是'课间休息'。你要进来喝杯咖啡吗？"

"不了。我在你家停下主要是想让你看看我的蒂娜。现在，我得去附近干活儿，你可以回去了。哦，对了，回来的路上我要去拜访另一位客户，你也认识她，西蒙娜。想起来没有？她跟我们一起参加了开心旅行社的旅行团。"

杰斐逊当然记得西蒙娜！四年前，他和吉尔贝一起报名参加了旅行团，前往人类世界的维尔伯格城。当时，"发现真我"理发店的獾理发师埃德加先生不幸遇害，杰斐逊被误认为是凶手，而他和吉尔贝所能想到的洗脱罪名的最好方法，就是参加旅行团，潜伏进人类世界偷偷调查。他们的"驴友"西蒙娜是一只高高瘦瘦的年轻兔子，神情总是带着点儿忧郁。不过，她很喜欢吉尔贝和杰斐逊。当时，她是唯一独自报名参加旅行团的。在杰斐逊的印象里，西蒙娜是个不错的旅伴。

"啊，那太好了，你可以爬到方凳上，跟她来个贴面礼，再代我问好。等你回来了，跟我说说她有没有找到如意郎君。"

"行啊，没问题！"

杰斐逊跳下小货车，飞快地跑回门廊，站在屋檐下看着越来越大的雨。小货车的喇叭发出友好的两声嘟嘟，消失在雨幕里。

杰斐逊看了看表，刚刚下午五点，看来在做晚饭前，他还可以再好好复习一小时。杰斐逊坐下来，开始埋头研究托勒密绘制的世界地图，顺便记下托勒密逝世的时间是公元168年……他边复习边想：这就是我真正想要的生活吗？我原本是不是应该学点儿别的，比如怎么种口蘑，或者怎么修自行车？不过，半小时后，他就完全沉浸在地理知识的海洋里，现在的生活也成了真实而千金不换的东西。哪怕有人在他身边吹喇叭，恐怕也完全不会打扰到他。

托勒密显然认为地球是完全静止的，并且处于宇宙的中心。但除了这种认识上的局限，他的地图绘制得相当出色，而且即使从现代的眼光看，也挑不出什么大错。杰斐逊继续想：不知道托勒密地图的真迹现在还保存着吗？要是能亲眼看到实物，而不是屏幕上的图片，那就太好了；对了，还有没有比这更古老的世界全图呢？

杰斐逊正在网上查找这些问题的答案，摆在面前的手机突然震动起来。他看了一眼手机，同时意识到四件事：第一，现在已经是晚上七点半了；第二，他的眼睛又热又胀；第三，他的肚子饿得扁扁的；第四，打电话的是吉尔贝。

"阿杰，快过来！"

"什么'快过来'？你在哪儿呢？"

"我在西蒙娜家。有麻烦了。"

"什么？"

"麻烦，问题，出大事了！快来！"

"她住在哪儿啊？我可没有车。"

"骑自行车过来！离你家大概三四公里吧。往池塘那边骑，到了那儿往右拐，第三栋房子，就是百叶窗看起来很奇怪的那一栋。"

"吉尔贝，外面在下大雨呢。"

"没有。雨停了。"

杰斐逊往窗外看了一眼，雨的确已经停了。

"呃，好吧，我马上去……"

"快点儿！"

现在是二月中旬，杰斐逊通常不会在冬季骑自行车。需要进城时，如果天气不好，他就坐大巴车，或者干脆走着去。杰斐逊从工具棚里推出沉睡了三个月的自行车，擦了擦上面的灰，迅速给前后轮胎充了气，又检查了车灯。然后，他跳上车座，全力朝池塘方向骑去。路上的积水把他裤子的下半部分全都溅湿了，杰斐逊不禁埋怨着……吉尔贝到底有什么急事？难道就不能等到明天？明天这条路肯定更适合骑车。

拐过弯后，杰斐逊开始数房子。"一——二——三——"，有一盏灯照亮了房子的外墙。啊，懂了，这应该就是吉尔贝说的"很奇怪的"百叶窗了。就是二楼左边的那扇窗户。事实上，他的确第一眼就注意到了这扇百叶窗。其他三扇百叶窗都是奶油色的，油漆已经片片剥落了；只有这扇百叶窗是深红色的。看来，西蒙娜似乎打算重新给百叶窗上漆，却半途而废了。窗框上还留着红油漆往下淌的痕迹，墙角的草丛里躺着一架梯子，油漆桶和刷子也扔在一旁。难道西蒙娜从梯子上摔了下来，伤得很严重吗？如果是这样，那么吉尔贝应该赶紧打电话叫救护车，而不是找杰斐逊这个地理系的大学生。

他把自行车靠在信箱立柱上。信箱上只写了西蒙娜的名字，两朵小花替代了"蒙"字的草字头。

门铃刚响了一声，门就开了，吉尔贝脸色苍白地出现在门口。他紧紧皱着眉头，看起来非常难受。

"你跟我来……"

杰斐逊脱掉湿鞋子，走进屋里。吉尔贝说话的声音很低，走路也蹑手蹑脚的，跟他平时的样子截然不同。这副模样让杰斐逊的心悬到了嗓子眼儿，下意识地隔着一段距离跟着他。四年前，正是杰斐逊发现了獾理发师埃德加先生躺在理发店的瓷砖地面

上，胸口插着他自己的理发剪刀。过了好几个月，杰斐逊才勉强把这幅画面从脑海中赶了出去。难道当年的噩梦又要重演了吗？西蒙娜会不会已经……杰斐逊忍不住胡思乱想起来。

他们穿过了小客厅。一切摆设都井井有条。茶几上放着一个弹簧胡桃夹子，还有满满一碗碎贝壳。方凳上放着一台迷你电视机，电视机上有一张节目单。墙上钉着两个架子，上面摆满了书和旅行照片。杰斐逊立刻注意到，其中一张照片被精心装裱过。照片里是前往维尔伯格城的开心旅行团的全体成员，这肯定是他们的导游罗克珊娜帮大家拍的。西蒙娜个子最高，面带微笑地站在其他成员身后。

"在那边，那个书房里……"吉尔贝抬了抬下巴，小声示意。

"你觉得，呃，我有必要……"杰斐逊结结巴巴地说，他的两条腿都快要站不住了。

"去吧，我什么都没动……"

这最后一句话简直证实了噩耗。杰斐逊感觉自己快要晕倒了。他发出一声痛苦而无奈的"唉——"，绕过吉尔贝朝书房里走了一步。但是，他并没有看到原本以为的悲惨场面。书房里空无一人，悄无声息。杰斐逊转回身来，一脸疑问。

"在书桌上，阿杰……有封信。"

杰斐逊走过去。书桌很整洁，靠左边是已经关机的电脑，旁边放着无线鼠标。右边的笔筒里插着很多铅笔和自来水笔，看起来就像一束五颜六色的花。书桌正中间最显眼的地方，摊着两页A4纸，上面写满了字。信的开头写着："亲爱的吉尔贝……"杰斐逊再次转回身来。

"嗯，严格来讲是写给我的，阿杰。不过，你可以看。"

西蒙娜的字很小，杰斐逊坐在书桌前的椅子上，花了好几分钟才读完这两页正反面都写满了字的纸。读完之后，他把信放回原处，忍不住摘下眼镜，擦了擦眼睛。杰斐逊心想，如果不是吉尔贝在场，自己在读信时肯定至少要哭上两回。

"真可怜，啊，她真可怜。我为她难过。"杰斐逊一边说，一边站起身来，"我知道你为什么看起来这么难受了。"

吉尔贝一直站在书房门口，胃疼似的用一只手捂着肚子。他的脸色从苍白变得有些发绿。

"啊，你想多了。"他呻吟道，"我这么难受，是因为在上一个客户家里吃了好多炸糕。他们给我端来满满一大碗，我一边修暖气，一边吃，不知不觉就吃光了。"

"你吃了多少个？"

"呃，十七个吧，我觉得。"

02

亲爱的吉尔贝：

首先，请原谅我这个小小的谎言——我家里没有什么需要修理的东西。整个冬天，我的客厅都保持着十九摄氏度，卧室里是十六摄氏度，暖气都很好用。所以不如说，最需要"修理"的是我自己。可是，这件事就算是最厉害的暖气修理专家也无法做到。

我会尽量不太自怨自艾地向你解释这一切。在很小的时候，我就失去了父母。他们生我的时候，年纪就已经很大了，而且他们的身体都不算好。这一点也遗传给了我。你知道那首歌吗？"我的脾脏在扩张，胃变得扁趴趴……"我觉得这歌词写的就是我。我呀，整天不是嗓子疼，就是膝盖疼。今天咳嗽个不停，明天胳膊痒得要命。总是这里难受，那里难受，而且难受的地方总在变，就没有一天不难受的。最严重的要算我的关节炎……

我没有叔叔婶婶，没有兄弟姐妹，没有祖父祖母，没有侄子侄女，没有任何其他亲戚。我觉得，我一定是我们家族最后的遗孤。我们这一族奇迹般地存续了这么久，经历了几世几代，现在就只剩下我这么一丁点儿血脉了。

不过，就算没有亲人，我还有朋友！跟你说实话吧，我总是这么告诉自己。可是，不怕你笑话，我从来都交不到朋友。我想，这应该是我自己的问题。我想让别人高兴，可他们都嘲笑我。这我都知道，我不是傻瓜。他们笑话我长长的垂下来的耳朵，笑话我的长腿，笑话我的瘦弱。不过他们没什么恶意，而且我也习惯了。他们并不讨厌我，也很高兴认识我，但仅此而已。你明白吧？我觉得，我让他们厌烦了。我一定是要求太多、太黏人了。

我也想过，要是不再独自生活就好了。

我报名参加了各种各样的活动，希望能交到一些朋友。我练过普拉提，练过瑜伽，练过气功；我去学骑独轮车，学说汉语，学做烘焙；我学过怎么打水手结，怎么给睡莲拍照，怎么在蛋壳上画画……哪怕有"苹果核雕刻班"，我也会报名参加的。我还参加过二十多个旅行团。可是，报团旅行的要么成双成对，要么跟我一样迷茫地独自旅行。最终的结果是，每天晚上还是只有我自己，孤零零地对着电视机。

四年前，我们一起去维尔伯格城旅行以后，我以为大家会一直保持联系。那次冒险是多么惊心动魄啊。我可以毫不犹豫地告诉你，那一周是我这辈子最美好的时光之一。我总是想起我们三个在老城里漫步的那一天。你，我，还有你的朋友杰斐逊，我们晒着太阳，四处闲逛。杰斐逊真是个可爱的男生！他有一点儿敏感，或许对我来说稍微矮了点儿，但他真的很善良。我承认，我当时对他有点儿动心，你可千万不要告诉他……说真的，我那天一定让你们俩很心烦，我就像一条水蛭似的缠着你们，你们肯定很想甩掉我。我也见证了你们之间的友谊，那真的很美好，可也让我感到难过，因为我知道，我永远都不可能拥有那样的友谊。

没错，我曾经真的以为，就算我们回来了，大家还是会继续联系的。可是并没有，我们的故事就到那张大合影为止。我想，你肯定很奇怪，我为什么这样看重我们的旅行，看重旅行团里的每一位成员，看重大家之间的联系。那是因为，我真的感到非常孤独。你们都在往前走。而我没有。

回来以后，我度过了两年艰难的日子。我继续在邮局工作，也开始制作一些便宜又新奇的小首饰。有一年夏天，我鼓起勇气，去市场卖首饰，一切就是从那里开始的……

亲爱的吉尔贝，今天早上，我离开了家。我不知道自己什么时候回来，也不知道自己还会不会回来。我不能告诉你我在哪儿、跟谁在一起、在做什么。我觉得你不一定会同意我的做法。所以，就让这一切都保密吧。请你原谅我。

我给你写这封信，是想问你能不能在我离开的这段时间里，都忙照看一下我的房子。比如说，冬天的时候除除霜，看看有没有漏水。反正，你知道的，就是这些杂七杂八的事情，在你方便的时候做就可以了。随信附上一张支票。你需要多少钱，就随意填写，随便支取吧。每隔半年，我会给你寄一张新的。要是你嫌麻烦，不愿帮忙，我完全可以理解，也绝对不会怨恨你的。这房子就随它去吧。要是在这里过得幸福，可能我会对它有更深的感情，可我过得并不幸福。一周前，我想重新漆一下百叶窗，却从梯子上摔了下来，浑身疼痛。这大概就是压垮骆驼的最后一根稻草吧。那一天，我终于下定了决心。

我给你写这封信，还有另外一个原因：我不想让我的离开像我曾经在这里的生活一样，悄无声息，无人知晓。

向你致以最真挚的问候和拥抱，也请代我向你的朋友杰斐逊，以及旅行团里的其他成员问好。

西蒙娜

另外，请在离开前关掉暖气，谢谢。我一直开着它，这样你就可以在暖和的房间里读信了，就好像我亲自在这里接待你一样。离开的时候，请锁好门。工具棚进门左边的墙上有一枚钉子，那里挂着一双旧徒步鞋。就把房门钥匙藏在鞋里吧，谢谢。

03

接下来的一周，吉尔贝和杰斐逊一直没有见面。

吉尔贝的生活已经被工作淹没了，几乎连吃饭睡觉的时间都没有。他全身心地投入到工作当中，争取稳定的客源，好迈出自己事业的第一步。他的秘密梦想是，当大家说起他的时候，人人都会说："吉尔贝？他特别热情，活儿干得好，而且随叫随到！"因此，他总是乐呵呵地接受任何工作。而且，他确实随叫随到。往往客户刚挂上电话，外面就传来了快乐的卡车喇叭嘟嘟声——吉尔贝的小货车已经停在他们家门口了。

杰斐逊每天也很忙。他埋头学习，准备地理期中考试。真是疯狂的一周。每天他都要定两个闹钟（一个常规闹钟，另一个作为双保险），务必在早上六点钟起床，乘坐七点的大巴车去学校，跟同学一起在阶梯教室学习一整天，面前堆满了各种复习资料。傍晚，他满脑子都是"我完蛋了""我要挂科了"的念头。等到疲惫不堪地回到家，他会自己偷偷哭一小会儿，然后重新振作起来，准备第二天的学习内容。

尽管如此，无论是吉尔贝，还是杰斐逊，都没有停止想念西蒙娜。通常，每天晚上临睡前，就是他们最惦记西蒙娜的时刻。

那天，在西蒙娜家分别之前，他们收好梯子、油漆桶和刷子，关掉暖气，拉下电闸，锁好门，把钥匙留在了工具棚里。一切都按照她的请求做了。他们原本以为这样就可以安心了，可是西蒙娜的离开一定还有什么隐情，吉尔贝和杰斐逊为此忧心忡忡，无法完全放下心来。

周六晚上，杰斐逊和吉尔贝约在维苏威比萨店见面。比萨店老板马克是一头热情又快活的驴子，他总喜欢管所有来客叫"大厨"。吉尔贝问他，他们能不能选择大堂最里面那张安静的小桌子，驴老板马克立刻用他那充满阳光的声音回答道："当然可以啦，大厨！双人桌，两位！"

吉尔贝和杰斐逊在桌边坐下，开始分享彼此的近况。吉尔贝说，他虽然工作得挺顺利，但总是特别害怕自己干活儿的时候会做蠢事，当场惹出什么大祸来。这种焦虑导致他总是做一些乱糟糟的梦。他梦见自己给以前的小学老师（就是总让他罚站的那个）家里安装地暖，结果弄坏了暖气管，搞得到处都在喷水，就连墙里的插座都被冲了出来。他一边讲，一边哈哈大笑，惹得其他桌的客人全都转过头来看他们。

杰斐逊的生活就没这么有意思了。他确定自己要挂科了，最"有力"的证据就是：他考试的时候居然把斯洛文尼亚和斯洛伐克搞混了！简直不可原谅。考试结果要等三周，但他现在已经不抱任何幻想了。吉尔贝提醒他，自打上学以来，他每次都言之凿凿地说自己要挂了，可每次都顺利通过。杰斐逊承认，以前的确如此，但是这一次他是真的"挂定了"。

接着，他们说起了西蒙娜。吉尔贝再次讲起两周以前收到西蒙娜的短信时，他有多么惊讶。西蒙娜肯定是看见过他开车经过（就像附近所有的居民一样！），记下了他的手机号码。她问吉尔贝，能不能到她家里来一趟，暖气有点儿小问题需要他修理。他说没问题，于是西蒙娜自己跟他确定了具体的上门日期和时间。

"那她的最后一条短信呢？你是在去她家那天收到的吗？"

"对。我给你看看。她是这么说的……"

门没锁。你直接进去就好。

"我觉得很奇怪，但转念又想，好吧，进门再说。从这时候开始，她就不回我的信息了。她家客厅的茶几上贴着一张便条，你看，在这儿，我拍下来了。"

请你去书房吧。

"便条上画着箭头，指明了方向，就好像她确信我会找不着书房似的！说真的，西蒙娜家又不是凡尔赛宫，只有三间屋子而已，不可能迷路的。"

"然后你就去了，对吧？"

"去哪儿？凡尔赛宫吗？"

"西蒙娜的书房。"

"哦，对呀，我就去了书房。这简直像个寻宝游戏，只是寻宝游戏不至于这么吓人。她弄的这些神秘兮兮的事，搞得我有点儿胆战心惊的。所以你来的时候，我才稍微吓了你一下。这样对咱们俩才公平。"

"我谢谢你啊。"

"哈，不客气。"

马克老板给他们端来了吃的和喝的：两份蘑菇洋蓟比萨，一杯吉尔贝点的啤酒，一杯杰斐逊点的柠檬水。他们咬了两口比萨，喝了几口饮料，沉默片刻后，杰斐逊开口了："吉尔贝……"

"哎，小刺猬，什么事？"

"你打算帮西蒙娜照看房子吗？"

"我当然得帮她啊。她几乎不了解我就这么信得过我，这让我很感动。而且，她甚至在信里还提到，我们两个之中她更喜欢你。"

"得了吧！你觉得我能跟西蒙娜在一起吗？我的个子才刚到她的胯骨。"

说完平时常开的玩笑，吉尔贝和杰斐逊再次沉默了，他们的脸上都露出了忧心忡忡的表情。过了一会儿，吉尔贝说话了："阿杰，你说，西蒙娜她去哪儿了呢？"

杰斐逊摇了摇头，说："我一点儿头绪也没有。她没有家人，没有朋友，外面也没人能帮她，可她就这么走了……说起来，她到底是怎么离开的呢？你还记得吗？她说过自己根本没有驾照。"

"对，可我在她家门口看到了轮胎的痕迹。有谁去了她家，把她接走了？或者，她有一辆根本不需要驾照就能开的车，比如时速最多四十公里的代步车？"

"啊，没错！就跟你的小货车一样。"

"喂，阿杰，我再说一遍，你可以拿我妹妹、我爸爸、我妈妈开玩笑，但不许说我的蒂娜的坏话！首先，它轻轻松松就能开到每小时六十公里，没有问题，毫不费力！"

杰斐逊只是报以礼貌的微笑，然后继续说道："她那封信里最让我感到不安的地方，就是那句'我觉得你不一定会同意我的做法'。她是这么写的吧？"

吉尔贝从外套的内侧口袋里拿出那两张A4纸，确认了一下，"没错。她就是这么写的，'我觉得你不一定会同意我的做法'。"

"这只是委婉的说法。"

"什么意思？"

"委婉，就是把话说得含蓄一点儿。比如，外面有零下十五度，你会对别人说，外面不太暖和。其实，就是不想表达得太直白。'我觉得你不一定会同意我的做法'，说白了，它的意思就是'我知道，你一定不会同意我的做法'。简单来说，西蒙娜很清楚她自己做的事不对。我一点儿也不喜欢这种暗示。"

"阿杰，跟你说吧，我也不喜欢。而且她四年前就很信赖我们俩，可我们却没帮上她的忙。这让我心里很过意不去。我总觉得，我们抛弃了她……我们能为她做点儿什么吗？"

杰斐逊陷入了沉默。这已经说明了一切：他自己也不知道该怎么办。

正在这时，有谁一阵风似的从他们背后经过。随即，一个洪亮的声音回荡在整个比萨店里："那是我侄女！看到没有？左边那个，那是我侄女！"

"我的天。"吉尔贝叹了口气，"是瓦尔特·施密特和他的妻子！"

杰斐逊转头看去，刚刚走进比萨店的两位客人果然是他们的老熟人。这对身材壮硕的野猪夫妇也是当年旅行团的成员，只不过，那次旅行迅速变成了调查命案的大冒险。说起来，每个家族差不多都会有一个像瓦尔特这样的成员，可能是你的叔叔，也可能是你的舅舅。他天性快活，乐天又随和，看起来有点儿呆头呆脑的，让你总是忍不住担忧，不知道下一秒钟他又能搞出什么新花样。"哎，这样不行！""嘿，没问题的！"他的妻子总会第一个笑起来，一边笑一边拉住他，嘴里说着"亲爱的，快停下"，试图阻止他惹出什么乱子……但这种阻止总是收效甚微。

瓦尔特伸出手，指向玻璃橱窗上贴着的一张宣传海报，那上面写着：宇宙颂歌。海报下方新贴了一个标志：售罄。

"看见没有？售罄！"瓦尔特·施密特兴高采烈地大声说道，"她们三个就是全宇宙！没错，左边那个！穿破洞牛仔裤的那个！那就是我侄女！"

被迫成为听众的客人们当然毫不怀疑他说的话。海报上那位年轻的野猪姑娘跟她叔叔的长相相似度显而易见，让人忍不住会心一笑：同样饱满、红润的脸庞，同样快活的表情，至于那种出挑的胆量，更是一个模子里刻出来的！

"她叫玛丽－克劳德！哎呀，她要是知道我泄露了她的真名，肯定会不高兴的！她的艺名叫'伤痕'。这张海报把她拍得有点儿凶，不过这是人设嘛，她可是个好姑娘！右边这个叫'爆炸'，就是'宇宙大爆炸'的意思，是她自己跟我解释的。中间这个……"

他猛地停了下来，因为他终于认出了吉尔贝，一下子忘了自己要说什么。瓦尔特大大地张开双臂，快步走了过来。一开始他没说话，很快，他又找回了自己的大嗓门儿："哎呀！这不是勇敢的吉尔贝嘛！咱们的英雄小猪！好司机！哦，你的小伙伴威廉姆森也在啊！"

"亲爱的，人家的名字是杰斐逊。"

"啊，对，杰斐逊！你们在这儿干什么呢？"

"这个嘛，"吉尔贝回答，"说起来您可能不信，您看，我们正在这儿吃比萨呢。"

幸好，他和杰斐逊坐的是双人桌，没有位置再添两副刀叉，于是施密特夫妇坐到了大堂的另一头。不过在离开前，瓦尔特还是把自己的名片留在了水瓶旁边，大声说："咱们应该找时间聚聚！你们每一位都来！对，大家应该再聚聚……"

杰斐逊的耳朵很灵，他听见邻桌的客人正接着施密特的话头，跟自己的妻子嘀咕着打趣道："主意是不错，就是不知道我最近有没有时间。"

杰斐逊和吉尔贝很小心地没有提到西蒙娜和她的失踪。不过，施密特夫妇刚离开，他们俩就回到了这个话题上。

"吉尔贝，你说咱们要不要报警啊？"

"报警？你在说什么呢？警察会笑掉大牙的。西蒙娜已经成年了，她是自愿离开的。哎，你要不要吃饭后甜点？"

"啊？嗯……我要提拉米苏。你呢？再来一打炸糕？"

吉尔贝哈哈大笑，悄悄对他做了个呕吐的动作，"炸糕就算了。我也要提拉米苏。他们家店里自制的很好吃。"

"咱们起码得弄清楚她到底去哪儿了吧。"杰斐逊接着说,"她肯定留下了什么蛛丝马迹,咱们只需要……"

"去她家乱翻一通?那可不行。她把房子托付给我,我就有责任帮她看着。收拾打扫还行,到处乱翻绝对没门儿!小刺猬,这关系到我暖气修理专家的职业道德和尊严!我绝不是跟你开玩笑!"

由于接下来的两周都没有课,杰斐逊开始了自我调整和休息:每天睡个懒觉,读侦探小说,玩填字游戏,下厨做饭。他跟同学们一起去打了两次保龄球,给家里做了一次彻底的大扫除。妹妹切尔西抱着一大盒自己烤的点心来看他,他们一起吃吃喝喝,像小时候那样一直聊到很晚。

天气晴朗而寒冷,杰斐逊穿得暖暖和和的,趁着阳光最好的时候去田野间骑车。有好几次,他不由自主地朝着池塘方向骑去。周五晚上,他看着面前的意大利面,不得不承认在过去的几天里,他脑子里只想着一件事。于是,他对自己大声地说了出来:"我必须去,明天就去。"

那栋房子还跟他们上周离开的时候一样,看不出任何有人居住或者有人来过的迹象。杰斐逊把自行车藏在屋后，免得被别人发现。

吉尔贝说得没错，地上确实留下了轮胎的痕迹。杰斐逊弯下腰仔细观察，发现那些痕迹通向车库——或者说，它们是从车库那边延伸过来的。他想象着西蒙娜孤单的身影，想象着她屈起长腿，坐进她那辆不需要驾照就能开的小车里。她会不会只是觉得心里堵得慌？会不会只是一时烦乱不安？或者，她现在会不会已经开心起来了？说不定正开着小车奔向更幸福的未来？

"这样猜测和推理多像个侦探啊，真是让人心潮澎湃！"杰斐逊心想。他摆出一副侦探的派头，迈步走向工具棚。他推开门，扫视着小棚子里堆放的各种杂物：一辆旧自行车、一把破破烂烂的安乐椅、一张塑料花园餐桌配上四把塑料椅子……杰斐逊走到挂着徒步鞋的钉子前，伸手从其中一只鞋里取出了房门钥匙。

打开门锁的时候，他觉得胃里翻江倒海的。"杰斐逊，你这是在干什么啊？"他在心里问自己。为了不打退堂鼓，他不停地对自己重复前一天晚上的回答：你是为了她才这样做的……她现在有危险……不管她愿不愿意，他已经下定决心要帮忙了。随便吉尔贝怎么想吧！

现在是中午十二点半。只要他愿意，眼下有大把的时间可以利用。"去吧，小刺猬！"杰斐逊给自己加油，然后开始了"工作"。

首先，他仔细检查了西蒙娜特地挑出来的照片，它们有的放在架子上，有的挂在墙上。杰斐逊上次就认出了维尔伯格城的那张照片，其他大部分照片也都是旅行中拍的。西蒙娜可真厉害啊！瞧她那惊讶的表情！瞧她那长长的耳朵！她甚至去过亚洲！大多数照片里，西蒙娜都在走路。她背着背包，拿着登山杖，走在徒步道上，有时候是单独行动，有时候跟大家一起。杰斐逊注意到，有个人类在这些照片里出现了三次。她显然跟西蒙娜很熟，拍照的时候还揽住了西蒙娜的肩膀。这是个非常瘦的短发女人。杰斐逊发现，她的微笑是硬挤出来的，说得更直白一点儿，她的笑容看起来非常虚伪。他本能地对这个女人产生了反感。杰斐逊拿出手机，把她拍了下来。

厨房里只有一把椅子。杰斐逊突然意识到，哪怕他独自住，家里也总是有两把椅子，"以防万一"有客人来访。看来，西蒙娜并不觉得她会面对这样的"万一"。冰箱门半开着，里面几乎是空的，只有一小罐芥末酱，以及一小把细草茎。门上的冰箱贴上画着维尔伯格的天际线。

接下来，杰斐逊去了卧室。他转了一下门把手，却僵在门口，感到一阵尴尬的心慌意乱。床铺收拾得很整齐，五斗橱都关着，窗帘也拉着。这间卧室给人的感觉是整洁、精致，以及——孤独。

床头柜上的相框里镶着一张全家福。杰斐逊走过去察看。照片里，小时候的西蒙娜站在父母中间。不过她那时已经很高了，应该是少女时期。她的父母年纪确实很大了，看起来就像她的祖父母。一家三口都僵硬地站着，看起来不太自在。西蒙娜一只手拽着母亲的衣裙，另一只手拽着父亲的袖子，好像要把自己挂在父母中间似的。杰斐逊觉得从她的脸上看到了悲伤的神情。不过，这或许只是他自己的想象。

最后要去的地方是书房，但这里几乎是空的。

一个小矮柜里塞着一打叠好的衬衫。杰斐逊拿起一件抖开来，看到上面印着"兔族银行"的字样。这是动物王国里兔子开的银行。

"让我再来看看这边……"杰斐逊煞有介事地自言自语。他在椅子上坐下来，心想，自己是不是有点儿过分沉迷于假装侦探了。

从西蒙娜的收支状况可以看出，她的财务动态很少，很少存

入款项，也很少支取。但令人惊讶的是，她的银行存款并不少。看来，她的父母并不是只把病弱的体质遗传给了她，也给她留下了一笔丰厚的遗产。作为他们唯一的孩子，西蒙娜这辈子应该是吃喝不愁的。不过，有件事情勾起了杰斐逊的好奇心：最近半年，西蒙娜每个月都有四千库隆（这是动物王国的货币单位）的支出，收款方是"索默那"。这实在算得上"巨款"，它差不多相当于西蒙娜每个月薪水的两倍。这不可能是房租，因为西蒙娜有自己的房子。这笔钱是用来做什么的呢？"索默那"到底是什么意思？杰斐逊把这些单据也拍了下来，免得自己忘记这三个字的写法。

杰斐逊回到工具棚，并不确定自己的"调查"有没有进展。他把房门钥匙扔进其中一只徒步鞋里，跳上自行车，飞快地蹬回了家。

04

"这也太离谱了！我之前明明把钥匙放在左边的鞋里，结果却在右边的鞋里找到了！我绝没有瞎说。左和右这种事我还是记得住的。我平时就是干这个的，往左还是往右我门儿清。要是应该往左拧阀门，那就绝不能往右拧。一定有谁去过西蒙娜家，还用过那把钥匙！绝对没有第二种可能性了！"

吉尔贝越是揪着鞋子和钥匙的事不放，杰斐逊就往沙发里陷得越深，简直快要缩成一个刺猬球了。他不会撒谎，只要一说谎话，他的表情就会立刻出卖他。如果吉尔贝现在不是在跟他打电话，而是坐在他面前，那他连一秒钟都坚持不了，马上会和盘托出。

"哦，那个……"杰斐逊磕磕巴巴地说，"肯定是谁知道西蒙娜把钥匙放在那儿，知道的人应该不会太多……"

他这样说着，脸红得跟熟透的番茄一样。吉尔贝顿了顿，就好像隔着电话线看到了他现在这副困窘的模样似的，突然很直白地问："阿杰，你去她家了吗？"

"啊？没有！你瞎说什么呢！"

"你很想去她家。你承认了吧。"

"我……确实……可是，'我想去'和'我去了'还是有区别的。就像你说的，这是个道德问题。"

要是能把自己整个缩成一小团，藏到盛着热可可的马克杯里去，杰斐逊早就这么干了。他窘迫地挂断电话，信誓旦旦地保证要跟吉尔贝说实话——以后，有机会的时候，再说。

"天哪，天哪……"杰斐逊自顾自地大声感叹。他暂时不想当一只满心羞愧的小刺猬——因为他刚对最好的朋友说了谎——而是想赶紧恢复"神勇侦探"的状态。

目前掌握的两条线索看起来似乎都没什么用处。第一条线索，他从来没见过那个女人，也不知道她的姓名；第二条线索，他在网上搜索了那个谜一样的"索默那"，但一无所获。现在只剩下 ·条路，唯一的一条路：尽可能地了解西蒙娜离开之前几周的具体生活情况。

　　要是他动作快点儿，应该还能赶上下午三点四十分那趟进城的大巴车。杰斐逊飞快地穿好衣服，两口喝光了剩下的热可可，用最快的速度跑过房前的土路，直奔省道所在的交叉路口。他跑得上气不接下气，但终于赶上了车。

　　"哎呀！"虽然司机什么都没问，但他还是说了起来，"幸好赶上了。我有个特别重要的会面。这是一起刑事调查。"

　　"说谎这事，就好像吉尔贝吃炸糕，"杰斐逊心想，"只要一张嘴，就停不下来了。"

　　城里有三家邮局。前两家都是白跑一趟，没谁听说过西蒙娜。最后一家也就是第三家邮局是最小的，夹在一家自助洗衣房和一家甜品店中间。杰斐逊从没来过这儿。西蒙娜以前真的在这家邮局工作吗？

　　杰斐逊推动转门，走进邮局。这里有三个窗口，每个窗口后面的职员都是兔子。的确，在动物王国，每种动物往往都会从事某个特定的职业。比如说，警察通常是大丹犬；马会去当记者；獾要么是理发师，要么是教师；摄影师全都是猫；如果你去看病，百分之九十的医生是山羊或者绵羊。

　　"先生，这边！"最右边窗口的邮局职员跟他搭话，"您要寄信吗？"

杰斐逊走过去，站在专门为矮小的动物设置的小凳子上，"您好，女士。我不是……"

"我这儿刚好有一些特别漂亮的邮票。您看，全都是乐器。这是特别发行的邮票，但跟普通邮票一个价。"

"是很漂亮，但我只想……"

"您瞧，有喇叭，有钢琴，还有电吉他！哈哈哈，我儿子就弹这个，电吉他，唉，其实他呀……跟您说实话吧，他就是在制造噪音！哈哈哈哈！您刚说什么？您要取包裹？"

"不是。我……"

"您没有取货单，我是不能给您包裹的。不好意思，真的不行。除非您有取货单，取件码也行。"

"不是。我不取包裹……"

"您想变更通讯地址，是吧？那个，小伙子，您听我说啊……"

"行吧，"杰斐逊心想，"我就让她自己先说个够，她总会觉得累吧。"趁着这个工夫，他扭头看了一眼另外两个职员。最左边的那个窗口引起了他的注意。那个窗口后的职员是只年轻的兔子，她的各种面部表情能够无缝切换，真是太令人吃惊了。只见她一会儿略带尴尬地微笑，一会儿面露惊讶，一会儿皱着鼻子表

示嘲笑，一会儿又心照不宣地眨眨眼——那种变脸速度之快简直能超过音速。每隔十秒钟，她都会翻一下嘴唇，露出又白又尖的门牙。杰斐逊觉得她看起来又热情又滑稽，他很后悔刚才没到她的窗口去搭话。

等他的注意力终于回到这让人难以承受的闲聊当中，只听面前的兔子职员说："……所有人都知道，对不对呢？15再加15，等于30！"杰斐逊既不知道她在说什么，也不知道她是怎么说到这儿来的。他终于决定打断她。礼貌什么的就算了吧，他可不想整个晚上都耗在这儿！

"女士，不好意思，我只想知道，西蒙娜是不是在这里工作过。"

杰斐逊做梦也没想到，这短短的一句话居然有立竿见影的效果。面前的兔子女士猛地停了下来，声音消失了，表情也凝固了。

"是。"

"您刚说'是'？她确实在这儿工作过？"

"对。"

好嘛，这位兔子女士刚才还滔滔不绝，宛如尼亚加拉大瀑布，这下突然变成一滴一滴漏水的水龙头了。

"那您知道我能去哪儿找她吗？她是我的朋友，而且……"

"不知道。"

"啊，真糟糕。是这样的，她自己走了，也没说去哪儿……您看，是这样，她……她现在失踪了……"

"我不知道。"

"最近这段时间，您注意到她有什么变化吗？"

"没有。不好意思，先生，您后面还有很多排队的呢。"

杰斐逊回头看了一眼——没有啊，她说的那些在排队的肯定都隐形了吧。

离开这个街区之前，杰斐逊往旁边的甜品店橱窗瞟了一眼。或许是为了安抚自己倍感挫败的心情，他接受了诱惑，走进店里。杰斐逊在杏仁奶油布雷斯特和双球泡芙之间犹豫了很久，最后决定买一块夹了超多奶油的拿破仑蛋糕。

"那边有纸碟，您最好在店里吃，"热情的母鸡店主指了指一张金属小桌子，对他说道，"这样就不会把一半的奶油都掉在人行道上啦。"

杰斐逊欣然接受了这个建议。这位店主显然懂得及时享受生活。于是，他坐在桌边，尽情地品尝起来。这或许是他有生以来第一次没有去想这样大吃甜品可能会带来什么麻烦或者"恶果"。

十分钟以后，杰斐逊一边用餐巾纸擦嘴，一边往大巴车站走去。正在这时，他突然听见身后传来一阵小跑的脚步声，有个声音冲他喊道："先生！先生，请等一等……"

眨眼间，那只坐在邮局最左边窗口后的年轻兔子已经跑到了他身边。

"不好意思，我是中间休息的时候出来的，刚一出来就看到了您，所以……"

她比西蒙娜矮一些，但仍然比杰斐逊高出整整一个头还多。她说话一顿一顿的，看起来总是很紧张，浑身上下也都透着一股警惕劲。

"我有话跟您说……"

"好的。我想，您可能是要说西蒙娜的事？"

兔子职员使劲点了点头，"对，对，就是这件事。"

"我们最好找一家咖啡馆坐着说。这样才能……"

这样一句简单的邀请却让她产生了一系列让人目瞪口呆的反应。在短短几秒钟之间，这只兔子的脸上起码出现了十种表情。那些表情涵盖了所有可能的回复，可又全都自相矛盾，诸如"哦，那可真是太好了！""这，我说，先生，这绝对不行！""哈哈哈哈哈，您太会开玩笑了吧！""呃，那个，我就等您说这话呢！""今天真是我这辈子最美好的一天！""我不能去，您这话让我浑身难受！""您刚才说什么？我没听清。"等等，等等。

然而，等到这阵表情狂潮平静下来以后，她张开嘴，只说了两个字："好的。"

这个时间的咖啡馆很安静。他们坐下来，各自点了饮料。过了一会儿，心不在焉的驴子服务员拖着疲惫的步子，把饮料端了过来。

"那个，"兔子职员开口道，"我刚才追您，是因为我听见了您在邮局里跟我的同事说的那些话。"

"我说的话？我可没说上几句话……"

"哈哈哈，您真幽默！您说得对，爱迪特一开口，别人就很难插得上话了。"

"正是如此。这么说，您也认识西蒙娜了？"

"完全不认识。我从来没见过她，因为我到这儿来就是替她的班。我来工作的时候，她已经离开了。"

杰斐逊无法掩饰自己的失望，然而，年轻兔子接下来的话又立刻给他带来了希望。

"虽然我没见过她，但我听过很多有关她的事！咳咳，您也明白吧……整整一周，爱迪特一直在跟弗朗索瓦丝说起她。"

"弗朗索瓦丝是……？"

"哦，是我们的另一个同事，她坐在我和爱迪特中间。"

"啊，我明白了。那您呢？请问您叫什么名字呀？"

这个简单的提问再次触发了性格腼腆的兔子职员的表情狂潮。她的呼吸迅速加快，脸上的表情瞬息万变，最后却只是回答道："苏赛特。我叫苏赛特。"

接着，她突然大着胆子问："您呢？"

"我叫杰斐逊。"杰斐逊说。

苏赛特原本已经十分激动了，听到这个回答，她唯一还能做的反应就是大大地张开了嘴，以至于杰斐逊都能对着映在她门牙上的自己的影子梳头了。

"这么说……您就是……您就是'发现真我'理发店事件里的……那个杰斐逊？！那个……那个……我非常喜欢您！我崇拜您！啊，一看到您的小刺我就该认出您来的！"

杰斐逊不得不给她签了个名，然后又给她妹妹也签了名。兔子职员欣喜若狂。

"不好意思，"杰斐逊说，"咱们还是说西蒙娜的事吧。"

"哦，好的。就像我刚才跟您说的那样，自从她失踪以后，爱迪特整天跟弗朗索瓦丝说起她，她们只聊她的事。虽然声音很小，但我听得很清楚……"

"您听得不清楚才奇怪呢。"杰斐逊打量着她那对垂到桌面上的长耳朵，心想。

"您要不要再来一杯胡萝卜汁？"

接下来的几分钟里，苏赛特说的事情让杰斐逊惊愕得也张大了嘴。他原本已经想过许多离谱的情况，比如：西蒙娜决定远离世俗、到修道院隐居；西蒙娜去参加举重锦标赛；甚至，西蒙娜加入重金属摇滚乐队。可是，苏赛特说的跟这些毫不沾边。

那是一个晴朗的早晨，西蒙娜没来上班，也没有提前告知任何同事。那天是周五。到了周一，她还是没出现。周二、周三、周四……她始终没有出现过。邮局负责人给苏赛特打了电话，让她来代替西蒙娜。就在苏赛特第一天来上班的时候，爱迪特对她的朋友弗朗索瓦丝讲了个秘密。苏赛特的耳朵非常灵敏，所以她全都听见，也全都记下来了。她在杰斐逊面前完美地复现了当时的场景。

"弗朗索瓦丝，我现在心里特别难受，我要把这件事告诉你，因为你是我的朋友。要是我不说，我就要难受得爆炸了。我跟你说，我知道西蒙娜去哪儿了。这么说吧，我知道她跟谁一起走的。"

"不会吧？！"

"怎么不会？！"

"我跟你说吧，我之所以知道，是因为那个装模作样的兔子破坏了我的家庭！"

"不会吧？！"

"怎么不会？！"

"她跟罗德里戈在一起？"

"她跟罗德里戈在一起！"

"那你是怎么知道的？"

"我查了他们俩的电子邮件、短信、信件，全都看了。他给西蒙娜写的那些话，可从来都没对我说过！一会儿是你的耳朵怎么怎么样，一会儿又是你柔软的皮毛怎么怎么样……"

"不会吧？！"

"怎么不会？！她的回信更让人恶心：'哦，我的罗德里戈，让我走进你的梦乡。哦，我的罗德里戈，我爱你结实的肌肉，我爱你温柔的心肠！'"

"我的天哪，她可真会装腔作势！我看呀，她用不着忏悔，人家就会原谅她。真是虚伪透了！怎么会有这么虚伪的兔子！"

杰斐逊默不作声。他盯着苏赛特动来动去的嘴巴，慢慢听明白了她在说什么：西蒙娜爱上了这个叫罗德里戈的家伙，跟着他一起走了。她不敢在信里告诉吉尔贝真相，因为她破坏了别人的家庭，并且为此很有负罪感。至于罗德里戈那边，考虑到他那个说起话来絮絮叨叨、漫无边际的妻子，必须承认，他能忍受这么久也挺不容易的。

不管怎么说，他们私奔应该是为了能在一起。他们达成共识，一起离开，不留地址，不说去向，就此彻底消失。无尽的争吵、指责和眼泪又能带来什么好处呢？如果真是这样，那杰斐逊觉得自己根本不必想着去"解救"西蒙娜了。她现在很安全，他就该让她跟这份"美丽的爱情"待在一起，并且在心里祝她好运。

苏赛特已经喝完了第三杯胡萝卜汁，起身去了洗手间。等到她回来的时候，杰斐逊打算消除自己的最后一丝疑虑。

"苏赛特，请问，爱迪特是怎么确定就是你们邮局的西蒙娜拐走了她的丈夫呢？"

"杰斐逊，您可算问到这儿啦！他们俩是同一天失踪的！走之前也没告诉任何人。再说，城里只有她这么一只名叫西蒙娜的兔子。"

这下，杰斐逊彻底被说服了。"好吧，祝你一路顺风，西蒙娜。"他心想，"祝你和你的爱人得到幸福。经过了这么多年的孤独，你理应得到幸福。而且，如果时机成熟，你很快就能当一个幸福的妈妈。"

不过，在跟苏赛特告别之前，他又问了最后一个问题："您应该也不知道他们去哪儿了吧？"

"不是啊，我知道的。有一天，爱迪特一副气急败坏的样子，她对弗朗索瓦丝说：'那两个家伙，我希望他们都把腿摔断！'然后，她解释说，她已经猜了个八九不离十，罗德里戈现在就住在滑雪场的一座小木屋里。"

"她有没有说是哪家滑雪场呢？"

"说了，可我没太听清楚。那个名字听起来挺奇怪的，类似于……吉博勒或者冈贝特什么的……"

杰斐逊完全不明白她说的是什么地方。不过，他还是把这两个词写在了记事本里。

"苏赛特，实在太感谢了。很高兴认识您。"

"我也是！我要告诉我的闺蜜们，今天我跟那个杰斐逊一起喝了饮料！她们准会惊掉下巴。"

杰斐逊结了账。他们站起来，离开了咖啡馆。

"哦，对了，还得问您一声，爱迪特姓什么呢？"

"她应该是从夫姓了吧。"

"那她的夫姓是……?"

"她丈夫姓特里耶。好玩吧?在我们兔族的语言里,这个词就是'兔子洞'的意思。"

大巴车来了,司机还是来时的那一位。他认出了杰斐逊,微笑着打趣道:"哎呀,你的'刑事'调查,有进展吗?"

"按部就班地查着呢。"杰斐逊干巴巴地回答,走到大巴车的最后一排坐了下来。

回到家里,杰斐逊把洋葱土豆汤的材料放进锅里,然后来到书桌边坐下,打开了电脑。厨房那边传来咕嘟咕嘟的响声,那是他的汤慢慢开锅的声音。

"怎么查呢?怎么查呢……"杰斐逊一边嘟囔着,一边在键盘上打出了"罗德里戈·特里耶"这个名字。如果运气好的话……

一阵浓浓的焦煳味让杰斐逊从屏幕前回过神来,他这才发现自己已经查了五十分钟。他完全忘了锅里还炖着汤。此时,那个汤锅恐怕救不回来了。他匆匆跑进厨房,关了火,然后拿起了手机。

"吉尔贝?你快过来!"

05

"你家里这是什么味儿啊？"吉尔贝一进门就问道。

"没什么，我的汤煳底了，我重新做一锅米饭就行了。你要不要一起吃？"

"行啊。出什么事了？"

杰斐逊讲述了自己的邮局之行，骄傲地说出了自己的发现。然后，他让吉尔贝在电脑前坐下。

"你慢慢看，好好看看那些照片，把所有的消息都读一遍。"

吉尔贝花了二十多分钟浏览杰斐逊在网上搜索到的内容。他一边看，一边感叹："不是吧""真的吗"以及"哦，天哪，天哪，天哪，天哪"，还有"啊，好吧，这样一来……"此外，他还不

停地嘟囔、吹口哨、咂嘴，制造出各种各样的声音。全部看完以后，他简明扼要地评价道："懂了……这就是个可恶的流氓……"

最让人惊讶的无疑是数量惊人的照片。显然，这只充满诱惑力的公兔子非常喜欢被观看。网上有他跳舞的照片，只见他光着上半身，手里端着鸡尾酒，似乎是在夜总会拍的；有他在沙滩上跳舞的照片，周围是一群穿泳衣的崇拜者们；有他在卡拉OK里唱歌的照片；有他在山里滑雪的照片；有他站在蓝色四驱越野车旁边的照片；当然，还有一大堆他在健身房里卖力举哑铃的照片。一言以蔽之，就是要让别人全方位无死角地欣赏他的魅力。

"西蒙娜怎么会看上这么一个哗众取宠的家伙？"杰斐逊叹了口气，"这一点儿都不像是她会做的事。"

"阿杰，你太天真了！这是自然法则。女孩子总说她们喜欢善良的人，其实，个个都跟着帅哥跑了！你没看到那个名叫罗德里戈的家伙长得有多帅吗？他都可以直接去拍电影了。再说，他可一点儿都不矮。要是你有他这样的条件，你只需要动动手指，然后，嗒哒！万事搞定。连我都看得出来……"

"好了，吉尔贝，你的意思我听懂了。但你刚才有句话……是什么意思？"

"我刚才的哪句话？"

"就是那句'他可一点儿都不矮'。"

"我没说这话。"

"啊哈，那我就是在做梦咯……"

在这些照片中，最令人担忧的一张莫过于罗德里戈·特里耶走在两名大丹犬警察中间，手腕上还戴着手铐，可即便这样，他也一点儿没收敛自己那副趾高气扬的派头。可怕的是，在这样的情况下，他也不愿意用外套遮住那张英俊的脸。毫无疑问，他已经是个"惯犯"了。

罗德里戈的犯罪记录可以追溯到整整十五年以前。起初他只是小偷小摸，渐渐发展成入室盗窃和偷车，然后又因为持枪抢劫坐了好几年牢。这段牢狱生活让他不再直接进行暴力犯罪。出狱以后，他"成功转行"，开始了诈骗生涯，尤其是以美色诱骗那些家资巨富的兔子夫人和兔子小姐，将她们骗得倾家荡产以后，再毫不留情地把她们一脚踢开，就像扔掉一袋垃圾。罗德里戈在这方面简直天赋异禀，整个诈骗过程总是你情我愿，哪怕被他无情抛弃，那些受害者竟然也没有任何怨言！

"这就叫'狠狠地拿捏住了'（当然，这些兔子也很好拿捏！）。爱情果然叫人盲目。"吉尔贝叹了口气，"那家伙就算手里有命案，她们还是坚信他是无辜的。照我看，她们都被爱情冲昏了头。阿杰，我担心咱们的西蒙娜也被这个危险的家伙给骗了。"

"你说得没错。咱们应该去报警。"

"别再说什么报警啦！我跟你说，他们不可能行动的。咱们不能靠警察，得自己想办法。咱们已经成功过一回了，你不记得啦？"

杰斐逊当然记得，他们不但成功了，甚至还是整个行动的指挥者呢。

正在这时，米饭做好了。这次没有煳底。

"这件事里只有一个地方不对劲。"吉尔贝一边放好碗盘，一边嘀咕道。

"什么地方？"

"西蒙娜可不是什么富婆啊。当然，据我所知，她好像没什么钱。"

他们陷入了短暂的沉默。然而，杰斐逊却觉得这沉默无比漫长。他原本只需要两秒钟就能让他的朋友知道："你想错了，亲爱的小猪，西蒙娜很有钱的。"可这样一来，吉尔贝紧接着就会问他："你怎么知道的？"那么，杰斐逊就不得不承认自己偷偷潜入过西蒙娜家的错误。与之相比，他更想赶紧逃走。

"吉尔贝，你的米饭上要浇番茄酱吗？"

他肯定会承认错误的，只不过得再等等。没错，再等等。

"啊，好哇。"吉尔贝回过神来，"要是你有奶酪碎就更好了。"

他们一起埋头吃饭，谁也没再说话。突然，吉尔贝放下了手里的叉子，说道："阿杰，你听我说，我不想吓你，但是我觉得，西蒙娜现在有生命危险。"

"你说什么呢？"

"你听得很清楚。"

"可你怎么会这么想？你可能确实没想吓我，但我现在已经要吓死了。"

"我之所以这么想，是因为我在电视上看过一个节目。你懂的，就是那种法制节目……反正，上一期讲的就是一个坏蛋通过害人来骗保。"

"吉尔贝，我没听明白。'害人骗保'是什么意思？"

"很简单。你爱上一个人，你想保护这个人，于是把这个人改成了你的保险受益人。你每个月要交一大笔保险金，等到有一天你去世了，那个人就能把你交过的钱全都取出来。"

"这……这也……太大方了吧。而且，这笔钱对留下的那一方确实是一种抚慰。"

"没错。原则上说，这是个完美的办法。但是，如果那一方觉得，你去世得实在太慢了呢？如果他打算自己动手，加速这个过程呢？"

"你是说……"

"是的。我就是这个意思。我觉得，那个罗德里戈肯定要对西蒙娜动手。他要害了西蒙娜，再把整件事伪装成一起事故。然后，他可以把西蒙娜的保险金搜刮一空，再跑到哪个天堂小岛上晒太阳，把全身晒成漂亮的古铜色，就像照片里那样！"

杰斐逊感到自己背上掠过一丝寒意，不禁打了个哆嗦。他想起了西蒙娜每个月支付的那笔钱，眼前似乎闪烁起拉斯维加斯赌场的灯光招牌。这回，他不能再沉默下去了。他必须承认一切。就现在。

"吉尔贝，你听我说，我得跟你……"

"阿杰，你先别说话，我知道你在想什么。你肯定觉得，我总是往最坏处想，或者我这是在夸大其词。可我真的觉得就是这样！西蒙娜落到了一个坏蛋手里，那家伙打算伤害她。咱们必须马上行动！可问题在于……咱们都不知道他们在哪儿！"

"也许我知道。"杰斐逊故作狡黠地眨了眨眼睛，他觉得自己现在必须表现得不那么心虚。

"你知道？"

"嗯。或者说，我差不多能猜到吧。苏赛特给我提供了线索。你要不要来点儿果泥？"

"什么？"

"饭后甜点。你要果泥吗？还是吃点心？"

杰斐逊有一张详细的公路地图。他和吉尔贝把吃完的碗盘推到一边，在餐桌上铺开地图。他们的任务非常艰巨：动物王国有无数家滑雪场，苏赛特给出的线索又实在过于模糊。为了加快进度，他们把地图分成若干区域，各自查找，进展却依然缓慢。吉博勒，冈贝特……没有任何地名能跟它们联系上。突然，吉尔贝指着北方边境线上的一个小镇子，叫了起来："吉贝特！哥们儿，你觉得这个怎么样？"

"我觉得应该就是这个了！你稍等。"

杰斐逊给苏赛特打了个电话，后者证实了吉尔贝的发现。

"啊，没错！"年轻的兔子职员在电话那头高兴地叫道，"吉贝特！对！是吉贝特！我跟您怎么说的？吉博勒？冈贝特？哈哈哈！应该是吉贝特！您看，我说的也差不了太多嘛！啊哈哈哈哈！"

苏赛特笑得喘不过气来。杰斐逊再次感谢了她，并承诺他们会随时把调查的进展告诉她。

　　吉尔贝却一点儿也笑不出来，"这地方在山里！阿杰，你看到没有！这简直是用事故掩盖犯罪事实的理想地点。我敢打赌，那个罗德里戈是个滑雪老手，西蒙娜只是个新手。他准会把她带到又高又远的地方去，远离滑雪道，带到一个只有他自己知道的危险地方。他会告诉西蒙娜，没关系，这里很安全，不用害怕，直接滑下去就行了。她完全不熟悉地形，又很信任他，所以他说什么，她就做什么。她直接滑了下去，掉进了山谷里。他会原地再等一会儿，确保她已经死了。然后，他自己下山，报警，装出一副绝望的样子，解释说他曾经阻止过她，还拼命大叫'那边不行，那边不行'，但她戴着头盔，或者风声太大，总之，她没听见……等救援人员赶到的时候，一切都太晚了。罗德里戈流下几滴鳄鱼的眼泪，赌咒发誓，说自己再也不可能从失去她的悲痛中缓过来了。他什么案底也没落下，以后还能光明正大、堂而皇之地卷走西蒙娜之死换来的保险金。神不知，鬼不觉，谁也不知道他干的坏事！这简直是完美犯罪。从此以后，他就销声匿迹，无影无踪了。"

　　杰斐逊目瞪口呆地听着，眼前仿佛呈现出西蒙娜摔落山谷，全身骨折、痛苦不堪地等死的样子——临死时还是孤孤单单。这些想象让他的心好似被劈成了两半。

"我希望她没有遭受太多痛苦。"杰斐逊眼含热泪地低声说。

"喂喂，等会儿，小刺猬！我说的这些说不定还没发生呢！"

"啊，没错，你说得对。你讲得太逼真了，我都信以为真了。"

他们俩达成了共识：事态紧急。从现在开始，每分每秒都不能耽搁。既然已经钓上了西蒙娜这条大鱼，那个罗德里戈肯定不打算延长他们的虚假蜜月。所以，必须在他伸出罪恶的魔爪之前，赶紧把西蒙娜从水深火热中解救出来。

杰斐逊还有几天假期，他已经准备好随时出发了。吉尔贝这边则要麻烦一些，还有好几位客户在等着他上门修理呢。对他们来说，吉尔贝就是救世主！要他给客户们挨个儿打电话，告诉他们自己要先去山里一趟……这简直就是高空走钢丝一样的危险操作！但管不了那么多了，修理坏掉的暖气总归没有救命重要，对不对？

杰斐逊和吉尔贝研究了一下：从他们这里到吉贝特大约是二百六十公里，路面情况呢，先是一些平坦的直路，然后是曲折的山路，最后接近滑雪场的时候是非常陡峭的坡路。

"算上休息时间，大约需要四小时。"吉尔贝说。

"六小时才对。"杰斐逊在心里自动换算了一下。不过，他并没有在脸上表现出来。

"你的小货车能撑得住吗？"

"蒂娜撑不撑得住？刺猬先生，听听你都问了些什么呀！如果需要，蒂娜可以带咱们去天涯海角！无论是阿拉斯加、撒哈拉大沙漠、土库曼斯坦平原，还是……"

"好啦，好啦，我相信你。我就随口一问，没别的意思。"

杰斐逊和吉尔贝把出发时间定在了第二天上午十点，然后列出了所有要带的东西：两个充气床垫，两个睡袋，暖和的衣服，一个路上吃的三明治，一个装了新电池的手电筒，一些药品，一卷绳子，一把小刀……他们越写越觉得，这次出发并不是去雪山里美美地度假，八成是要面对某种未知的危险。

"说起来，等咱们到了那里，要怎么找他们俩呢？"杰斐逊焦虑地问道，"等咱们找到他们，怎么才能既跟西蒙娜搭上话，又不让罗德里戈听见呢？还有，咱们该对西蒙娜说什么呢？你觉得，她会那么轻易就相信咱们的话，乖乖地跟咱们回来吗？万一打起来了，就算是二对一……你觉得咱们是罗德里戈的对手吗？"

吉尔贝极其天才地只用一句话就同时回答了杰斐逊提出的这五个问题：

"咱们明天就知道了。"

06

上午十点整，杰斐逊听见小货车蒂娜发出两声沙哑的嘟嘟声，停在了他家门口。

吉尔贝一脸兴奋地滑开了右后侧的车门。"哥们儿，看这个！我新装了一个座位，这样西蒙娜就有地方坐了。这还是一把电影院座椅，我只花了十五库隆就买下来了。她坐在上面肯定很舒服。"

车厢里原本堆放的专业维修材料都被吉尔贝清走了，车里现在的空间足够放下两张床垫。只有固定在车厢壁上的搁架还堆得满满的，放着各种小工具、盒子、螺钉和螺栓，还有一些管子。

杰斐逊锁好家门，把钥匙藏在了自行车把手里。然后，他把自己带的东西装进车厢，坐上副驾驶座。他感到座位硬邦邦的，简直硌屁股。他想，这趟旅行恐怕会很漫长。

吉尔贝的小货车配置实在简陋：没有广播，没有动力辅助转向系统，没有全球定位系统，没有空调。仪表盘简单得令人心酸。里程表上的数字从没动过，始终显示这辆车只跑了……十八公里——这听起来实在不算多。

吉尔贝严格遵守道路规章制度。只要有机会，他一定会有礼貌地跟其他司机挥手致意。他对待蒂娜非常温柔，就好像这辆小货车是一台精密又脆弱的仪器。作为回报，蒂娜也拿出了最好的状态。从引擎的轰隆声里，你似乎能听出它对吉尔贝的迷恋和信任。它显然很愿意跟他一起上路。杰斐逊心想："他们俩可真像，甚至可以说，他们爱着对方呢。"

就像是要证明他的想法，吉尔贝笑着说道："蒂娜天性活泼，因为它有很长一段时间都是音乐家们的车，专门用来运送舞会用的东西。对吧，蒂娜？"他轻轻按了一下喇叭，"你听，它说'没错'！"

小货车刚一开出城区，他们就开始讨论策略了。

"首先，找到那座小屋。"杰斐逊说，"咱们只要找到西蒙娜的车就行了。她的车没有牌照，滑雪场里没有牌照的车应该不至于有几百辆吧……"

"你说得对。然后，我们得避开罗德里戈，跟西蒙娜搭上话……可他们要是整天粘在一起，那就不好办了。"

"没错。要是能给她打电话就好了，咱们可以定个时间见面。可你说过，她根本不接电话了。"

"是啊。她彻底失联了。"

"我想到一个办法！"杰斐逊突然说，接着，他从口袋里拿出自己的记事本和水笔。

"你要怎么办？"

"我要给西蒙娜写封信，把咱们对罗德里戈的想法告诉她，提醒她注意安全，当心罗德里戈，诸如此类的。这样一来，要是咱们根本没机会跟她说话，起码也能偷偷把信塞给她。"

吉尔贝表示赞同。接下来，他们花了两小时来讨论这封信应该怎么写。两人的写作风格显然是冲突的。大部分时间里，都是由吉尔贝提出建议，杰斐逊加以修改、润色，让措辞柔和一些。比如："西蒙娜，睁大眼睛看看，那个卑鄙无耻的坏蛋正在编瞎话骗你呢！"被改成了"请仔细思考一下，他是否对你有所隐瞒。"接下来，"别做梦了，你的罗德里戈只在乎你的钱，根本不在乎你长什么样！"被改成了"罗德里戈或许另有所图，请你再好好想想。"再写几句以后，"西蒙娜，你听着，他要把你干掉！"被改成了"西蒙娜，请务必小心，我们觉得你现在有危险！"

最后，他们在信的末尾详细说明了逃跑方法。没错，这封信的目的就是让西蒙娜放弃罗德里戈，跟他们一起回去，不惜任何代价。

他们在一个高速公路休息站停了半小时，给小货车加满油，吃掉了带来的三明治，又伸展了一下腿脚。接着，他们继续向北开去。

没开多久，他们眼前就出现了矗立的群山，山顶是皑皑的白雪。小货车拐上一条窄路，道路开始变得蜿蜒曲折，气温也顿时下降了好几度。吉尔贝打开车里的暖气，一股强烈的灰土味儿顿时充满了车厢，闻起来就像是灰尘被烤焦了似的。不过，味道很快就散了，车厢里也变得暖和起来。尽管时速只能勉强达到三十公里，这辆小货车还是无比勇敢地向山坡冲去。引擎声提高了一个八度，杰斐逊和吉尔贝也只好提高音量说话，否则就听不到对方在说什么。他们只往前开了几公里，就已经有八辆车被堵在后面了。吉尔贝只好把小货车停在路边，让后面的车先走。他们就这样走走停停，不断地重复这种请别人超车的操作。

上山的路漫长得仿佛没有尽头，蒂娜也明显越来越没"力

气"了。当他们终于看到前面的路牌上写着"距离吉贝特一公里"的时候，不由得长出了一口气。就在这时，仪表盘上突然亮起一盏红灯，就像一只鲜红的、不怀好意的眼睛。

"没关系。"吉尔贝嘟囔着说，"应该就是爬坡太多，水箱稍微有点儿热。我开到滑雪场入口再停车。"

他朝左拐去，开上一条很陡的下坡路。小货车贴着右边的人行道一路往下滑。经过七小时的驾驶，吉尔贝很高兴自己终于不用死死攥着方向盘了。

滑雪场里非常热闹。当然，大部分度假者都是动物，但其中也有一些人类，应该是被低廉的价格吸引过来的，也有可能是喜欢这里的"异域情调"。杰斐逊意识到，他根本不可能挨个儿去问别人有没有见过西蒙娜或者罗德里戈。他们远离了人群聚集的地方，徒步去找小木屋——木屋前面很可能还停着一辆没有牌照的车。然而，他们的搜寻一无所获。天黑的时候，杰斐逊和吉尔贝回到了出发点。

小货车安静地停在车位上，或许蒂娜正忙着"恢复体力"吧。不过，它的正前方停着另一辆车。那是一辆四驱越野车，看起来身价起码是它的四十倍。不过，蒂娜似乎对那辆车一点儿都不感兴趣。

杰斐逊倒是很感兴趣。他一动不动地站在那辆越野车旁边，"吉尔贝，你看！你对这辆车没印象了吗？"

　　"没有。"

　　"我有印象！我基本上可以确定，我在网上那些照片里看见过这辆车！那个罗德里戈就站在它旁边！就是这种蓝色！还有这个鸭子标志！"

　　越野车主的木屋应该离这儿不远，他们只需要在周边仔细找找就行了。吉尔贝高度怀疑罗德里戈这种坏蛋会把自己的名字贴在信箱上。他想得没错。不过，他们只走了十几米，就锁定了目标。那座小木屋有个很大的露台，露台周围是一圈木栅栏，楼梯修得很雅致，窗户外就是雪山的风景。一楼亮着灯，窗户玻璃上映出两道身影：罗德里戈·特里耶，罪恶的凶手；西蒙娜，无辜的受害者。他们好像正在做饭。杰斐逊和吉尔贝迅速回到越野车后面。这辆车很高，他们俩都很矮，所以不用蹲下就能很好地藏身。

　　"是他们！"吉尔贝气喘吁吁地说，"而且，还有个天大的好消息！"

　　"什么好消息？"杰斐逊问，他抖得就像一片风中的树叶。

　　"西蒙娜还活着呀！咱们及时赶到了！"

他们俩悄悄击掌，就好像两个篮球运动员刚刚完成一次完美合作，投进了关键的三分球。接着，他们回到小货车上，开始思考接下来的行动计划。

"咱们得想办法把罗德里戈引到外面来。"吉尔贝盘算着说。

"没错。能不能跟他说，咱们的车坏了，需要他来帮个忙？"

"阿杰，你做梦呢？咱们要对付的又不是好心肠的特蕾莎修女！他才不在乎你需不需要帮忙呢！再说，我们蒂娜这一路出什么错了？你怎么会想到'车坏了'这种可能性的？"

"我也不知道，我就是随便一想……"

"好啦，你听我说。罗德里戈这种人是绝对不会因为你的车坏了就出来帮忙的。哪怕你就住在他隔壁，你的房子着火了，他也根本不会出来帮忙。再进一步说，哪怕你告诉他，他妈妈刚被人袭击了，现在就躺在他家门前的人行道上，他还是不会出来！没错，他只会为了唯一的理由出来，而且，还会一路小跑出来呢！"

杰斐逊早就等不及要听那个理由是什么了。

"很简单，告诉他，他的车被我们剐蹭了。"

他们按照各自擅长的"角色"分了工：吉尔贝负责去按门铃，

把罗德里戈从他的"兔子洞"里引出来；杰斐逊趁着这个工夫潜入屋里，跟西蒙娜简短地说几句话，再把那封信交给她。他们在那封信的最后又加了几句话：

> 西蒙娜，我们整晚都会在小货车里等你。等到罗德里戈睡熟了，你就偷偷溜出来找我们。千万别浪费时间收拾行李。你会把他吵醒的。什么都别带，直接来找我们！勇敢一点儿！
>
> 吉尔贝和杰斐逊

不过，有个细节还是让吉尔贝倍感困扰，"我恐怕不能拖太久。他只要一看到自己的车没事，就会转身回去的，那就会把你堵在屋里了。"

"是啊，如果可能的话，我也希望尽量避免这种情况。"

"好吧。既然如此，我想就只有一个解决办法了。"

"什么办法？"

"我假装去刮一下他的车。你懂的，就是弄出一个足够做事故鉴定的划痕来。这样就能给你多争取一点儿时间了。我甚至还可以假装闹点儿事什么的，拖延一下时间，比如说，我可以说他的车停得不是地方……"

"可别这样！不要闹事！你这个小蠢猪，那家伙会把你揍扁的！"

"哦，也对。你说得有道理。那我还是跟他好好道歉吧。"

吉尔贝重新启动了引擎。蒂娜听起来已经恢复了体力。他把车开出停车位，沿着坡路开了几米，然后猛地一打方向盘，朝着四驱越野车开去。即使已经知道吉尔贝的打算，杰斐逊还是屏住了呼吸。突然，小货车像花样滑冰运动员那样缓缓打起转来，杰斐逊的全身也绷得越来越紧。吉尔贝连忙踩下刹车，扭动方向盘，可是都不起作用。他立刻明白，他们开上了一片薄冰，现在车子已经失去了控制。蒂娜在自重的惯性作用下不断加速，最后像一头公羊似的冲向了越野车——碰撞的声音听起来恐怖极了。吉尔贝的嘴里冒出好几句诅咒，他试图倒车，但蒂娜的车头整个卡在了越野车的前门上，怎么都拔不出来。

一切都发生在电光石火之间，事情的走向简直有点儿疯狂。

"算了。"吉尔贝关掉引擎，说道，"就是比计划中撞得稍微狠了点儿……我现在去找罗德里戈。来吧，跟我走！"

他们朝小木屋走去，里面的那两位显然根本没听见屋外的声音。

"你先藏在露台底下。等到我带他走到越野车那边,你就赶紧进屋!祝你好运!"

"也祝你好运!"杰斐逊回答,他的心脏现在怦怦乱跳。

杰斐逊团成一个刺猬球,藏在露台底下的角落里。吉尔贝的计划还算顺利。最多只过了二十秒,杰斐逊就听见头顶上传来了脚步声。接着,他看见罗德里戈径直走向马路,吉尔贝跟在后面,迈三步才抵得上对方的一步。杰斐逊从藏身之处爬出来,跳上露台,一路小跑到门口,竖起耳朵听了听动静,然后按响了门铃。

没人应答。他又敲了敲门,"西蒙娜!快开门!"

还是没人过来,但门并没有锁上。杰斐逊决定直接进去。

这地方太奇怪了——凡是来这儿的人准会这样想。真是不敢恭维的品位:地上铺的是劣质机织地毯;家具造型矫揉造作,位置和配色都不协调;电视里播放着竞猜节目,参与者高声怪叫,简直吵得要命;绿沙发上的靠垫堆成了小山;壁炉里点的是燃气火焰,根本骗不了任何人。丑陋,谎言——这里所有的装修和摆设,跟那个可恶的坏蛋倒是完美搭配!

"西蒙!"杰斐逊喊了起来,"我是杰斐逊!你在哪儿?"

他可没法儿悠闲地在这儿等她现身。杰斐逊沿着走廊往前走，使劲敲着沿路遇到的第一扇门。门开了，他走进去，发现这里好像是一间卧室。

"西蒙娜，快出来！求你了！"

就在这时，他突然听见卧室尽头传来了水声。浴室！杰斐逊赶紧跑过去。吉尔贝肯定正在拼命拖住罗德里戈，但他还是不能耽搁太久。

"西蒙娜！我是杰斐逊！"

他把门敲得咣咣响。里面的水声很大。杰斐逊扯着嗓子大喊："西蒙娜！你听到了吗？"

"怎么了？"

"我们来救你了！我和吉尔贝！你现在有危险。"

杰斐逊似乎听到卧室外面传来了动静，他顿时慌张起来。一想到要跟那个蹲过监狱的坏蛋来个面对面，他就吓得浑身冰凉，手脚发软，连血液都要凝固了。"我绝对不能被吓得尿裤子。"他心想，"西蒙娜会看到的！吉尔贝也会看到的！"

"西蒙娜，我得走了！你记住，好好看信！"

杰斐逊把那封三页纸的信从门底下塞进了浴室，又大喊了一声"坚持住！"这才快步离开了卧室。当他来到走廊尽头的时候，他似乎听见浴室里的水声停了下来。他放慢脚步，转身回去，正好看见浴室门打开了一道缝，有只兔子从门缝里探出头，她的脑袋上还在往下滴水。

"出什么事了？怎么这么吵？"

杰斐逊像火箭似的蹿过客厅，电视里的节目主持人正在问参赛选手，罗马尼亚的首都到底是布列斯特还是布加勒斯特。他冲出小木屋，就连大开的屋门也没关。接着，他几乎脚不沾地，一路跑过露台，重新回到了先前的藏身处，累得上气不接下气。就在杰斐逊拼命飞跑的同时，罗德里戈也回来了，边走边吹口哨，距离杰斐逊藏身的地方最近只有不到一米。罗德里戈的身影刚一消失在屋里，杰斐逊就一跃而起，逃命似的跑掉了。

小货车已经从刚才的尴尬位置中解放出来了。吉尔贝坐在驾驶座上，一脸目瞪口呆的表情。

"快开！"杰斐逊冲他大喊。

"可是……可……"吉尔贝结结巴巴地说。

"没有'可是'，快开！"

于是，吉尔贝全力加速，小货车以每小时二十五公里的速度冲下结着薄冰的坡路。

"你见到西蒙娜了吗？"吉尔贝缓了口气，问道。

"我见到了。她的确叫西蒙娜，但不是咱们那个西蒙娜。"

杰斐逊目不转睛地盯着后视镜，他坚信罗德里戈会开着四驱越野车追上来，光是那对超强亮度的前车灯大概就能把他们晃瞎。然后，说不定还会有一场碾压式的搏斗。陌生人无端闯进自己家里，甚至还跑到浴室骚扰自己的恋人——像他那样凶狠的坏蛋，怎么可能容忍这种事？！可是，在他们身后，目前只有静悄悄的、无尽的黑夜。

"你说什么？什么叫'不是咱们那个'？"

"吉尔贝，屋子里是另一个西蒙娜，不是咱们认识的西蒙娜！我见到她了！要是她是咱们的西蒙娜，那你就是电影明星布拉德·皮特！咱们搞错了！可我居然把咱们写的信给她了！她准会拿给罗德里戈看的！他会看到咱们叫他'无耻的恶棍'！"

"不会的。你把我说的给改了。最后写的是'可恶的流氓'。"

"这不都一样吗？！拜托了，快点儿开！！！"

吉尔贝小心翼翼地提高车速。小货车在滑溜溜的马路上加速行驶，车头的两盏小黄灯像一对眼睛，大胆地瞟着道路右侧的悬崖峭壁。

他们一直开到山谷里才稍微放松下来，身后并没有任何"妖魔鬼怪"追过来。杰斐逊简要讲述了自己在小木屋里的见闻，但他悄悄地略过了走向浴室时快要淹没他的恐慌，相应地，他重点强调了自己的坚决，以及喊话的声音有多大。

"我拼命大喊：'西蒙娜！是我！杰斐逊！别害怕！快出来！'"

接着，他又讲了浴室门口的对话。现在，他们已经知道那不是他们认识的西蒙娜，这件事就多了几分喜剧色彩。吉尔贝边听边笑个不停。

"你怎么样？"杰斐逊最后问道，"你跟罗德里戈那边顺利吗？"

"请你称呼他'特里耶先生'。"

"什么？"

"要是你不介意的话，我希望咱们以后能换一种眼光来看待他……"

杰斐逊摊了摊手，表示自己很不理解。

吉尔贝解释道："我没你那么勇敢。当我看到他就站在我面前的时候，我感觉自己差点儿吓成一摊烂泥。他实在太高太壮了，而且……根本不说话。他只朝我抬了抬下巴，就好像在说，'小矮子，你要干吗？'我好不容易才组织好语言，说，'我想我剐坏了您的车……'他打开门，像箭一样冲了出来，上身只穿了一件T恤，光着脚。我跟在他身后，边跑边解释，'因为地上有薄冰，我本来打算……'但他根本没听我说话，只是检查了损坏情况——几乎没什么损伤。我跟你说，那车是德国货，你就算用锤子砸，恐怕也不会有什么大损伤。跟它一比，我的蒂娜简直就像块小脆饼干，整个右前门全凹进去了。然后，他又朝我抬了抬下巴，让我上车。哥们儿，你知道那个罗德里戈干了什么吗？他弯下腰，抓住前保险杠，徒手把蒂娜的车头抬了起来，然后把它往旁边推了一米远，让它跟越野车分开了。再然后，他看到有一小片刮花的铁皮卷起来碰到了车轮胎，他就徒手把那片铁皮捋平了。他走到我的车门边，让我摇下车窗，然后弯腰凑近我，离得特别近，我甚至能闻到他呼吸中的烟臭味。可我不敢缩头，生怕惹他生气。我再强调一遍，他始终一句话都没说，我当时大脑一片空白，所以我们俩就都没说话。周围又冷，又静，我们就看着对方，保持沉默。我跟你发誓，他那时候只需要说一声'砰——'，我都会吓尿裤子。可他没说'砰——'，他问我，'你这车上保险了吗？'我回答他，'上过了……啊，其实也没有，不是什么损伤都包赔，事实上……'他微笑起来，说，'我懂了。你叫什么？''吉尔贝。'我回答。他把手伸进牛仔裤的后兜里，对我说，'吉尔贝，拿着。'你猜他给了我什么？他给了我两张一百库隆的钞票，让我去修蒂娜的车门！你看，钱就在这儿呢。

然后，他就走了。特有格调，是不是？我当时完全蒙了。然后，你就来了。再然后，咱们就跑了。就是这样。"

他们又开了很久，始终没再停车。杰斐逊身心俱疲，很想睡一会儿，可他又不想让吉尔贝孤单地开车。于是，他强打起精神，继续跟吉尔贝聊天。

"吉尔贝，你觉得咱们这次出来的结果怎么样？"

"小刺猬，我仔细思考过了。我觉得，咱们的结果不好不坏。我有整整一天没干活儿，开了十五小时车，用了一大桶汽油，弄坏了我的蒂娜，刮花了一辆全新的四驱越野车，搅得特里耶先生和他的恋人不得安宁，最后也没找到西蒙娜。嗯，确实，不好不坏……"

到了午夜，杰斐逊和吉尔贝商量着要不要在车厢里的充气床垫上睡几小时。不过，他们俩都不是很想这么做。而且，他们饿得要命，却没有任何吃的东西了。最后，他们决定无论时间多晚，也要开车回家。不过，他们还是暂停了一会儿，吉尔贝往小货车的水箱里加了点儿水，而且他们俩也需要下车上个厕所。两个朋友站在一片黑夜里，面对着悬崖。

"阿杰，你再给我讲讲你进屋以后的事吧。"

"我已经给你讲了四遍了。"

的确如此。不过，对吉尔贝来说，这件事的全过程就像著名喜剧演员"大石脸"巴斯特·基顿的表演一样滑稽。

"再讲一遍嘛，求你啦……你隔着浴室门，冲着里面洗澡的那位女士喊什么来着？"

"呃……我对她大喊：'西蒙娜，坚持住！'"

"还有什么？"

"我和吉尔贝是来救你的！"

吉尔贝已经笑得直不起腰来了，"你在信里还写了什么？"

"西蒙娜，等到罗德里戈睡熟了，你就偷偷溜出来找我们！"说到这里，杰斐逊也笑得喘不过气，眼泪都流出来了。他浑身哆嗦得太厉害，以至于不小心尿湿了自己的腿。

o7

吉尔贝把小货车停在自己的工作室门口时，已经是凌晨三点钟了。这里距离他家还有三百米。最后的几公里路好像永远开不到头，他现在精疲力竭，连眼皮都抬不起来了。

"我实在没力气送你回去了。拿上你的充气床垫，到我家去睡吧。咱们先热点儿米饭吃，我记得应该还有剩饭。"

吉尔贝去热饭，杰斐逊给床垫充了气。他们很快就坐在厨房里的餐桌旁，默不作声地扒拉着各自碗里的米饭，盘算着未来一个月都不要出远门了。

"唉，"杰斐逊最后叹了口气，"最糟糕的是，西蒙娜的事又回到了起点。咱们是不是干脆别管了？你觉得呢？"

吉尔贝沉默了片刻，接着他张开嘴，用杰斐逊几乎听不见的声音说道："既然她不在吉贝特，那就是在别的地方。我知道她在哪儿。"

"谁？"

"西蒙娜……"吉尔贝一边说，一边打哈欠，"我知道她在哪儿。可我现在撑不住了。我得去睡觉。咱们明天早上再说吧。晚安。"

"啊？不行！不行！你快跟我说，现在就说！第一，你怎么知道她在哪儿的？"

"我就是知道。"

"哥们儿，有没有搞错？你可真是惊到我了！大侦探波洛、神探科伦坡，还有夏洛克·福尔摩斯，他们全加在一起也没你厉害！你是天才。"

"我不是天才。我是笨蛋，傻瓜，可怜虫……"

"好了，别说啦！快告诉我。"

"哎呀，讨厌，这件事很难说出口，你会鄙视我的……"

吉尔贝现在已经完全清醒过来了。他在椅子里不停地扭来扭去，看起来就像一条刚喝下一升黑咖啡的胖肉虫。

"行吧，我跟你说。但是，我说的时候，你不准看着我。"

杰斐逊不知道该怎么办才好，"呃……你……你的意思是说，我现在到厨房外面去，隔着门听你说话？"

"不用。你就坐在这儿，低下头，看着你的盘子，就行了。"

"啊，好吧。"杰斐逊放下叉子，埋头盯着自己盘子里吃剩下的米饭，"吉尔贝，你说吧。"

对面没有声音。杰斐逊鼓励道："我是你的朋友，你说什么我都听着。"

于是，吉尔贝可怜兮兮地说道："阿杰，我到西蒙娜家里去乱翻了一通。"

　

吉尔贝把一切都告诉了杰斐逊。就在杰斐逊单独去了西蒙娜家的第二天，他果真又回去了。他发现钥匙跑到了另外一只健步鞋里，这让他又惊讶又担心。难道西蒙娜自己回来过吗？还是说，有别人来过？杰斐逊目不转睛地盯着他的剩饭，这个动作倒着实很适合他现在的心情。

"我进了屋子，也不知道自己到底要找什么，我只是希望能走运地发现一点儿线索。"

吉尔贝跟杰斐逊走的是同样的路：客厅、厨房、卧室，最后是书房。

"我找到一个装满私人信件的鞋盒子。我只大概看了看最近的三四封信，没发现任何异常情况，都是日常琐事。阿杰，我可没一个字、一个字地看，我只是浏览了一下。"

"好了，吉尔贝，先别自我辩护啦。"

"好吧，知道了。然后，我瞥了一眼书桌底下的废纸篓，也没发现什么有用的东西。"

"是啊，"杰斐逊心想，"本来也不能像你那样做调查。侦探需要的是直觉、洞察力、判断力……"

"再然后，我本来已经打算把钥匙放回去了，突然一道闪念……"

"一道闪念？"

"对呀，就是灵光一现那种感觉嘛。我突然想起来，我看到过一个很重要的东西，当时我直接走过去了，但我应该停下来的。就是说，我看见那个东西了，又没完全看见，你懂吧？"

"我不太懂。你再详细说说。"

"喀！就是说，你看见某个东西，你的眼睛要把这个信号传递给大脑，可是这个信号它并没有完全到达你的大脑。这回你懂了吧？"

杰斐逊开始觉得心烦了，"半懂不懂吧。你再说明白点儿。还有，我能不能抬起头来啊？"

"啊，对，当然可以，我都把这个忘了。反正，我跟你说的这个东西，它就在书房里。"

"在书房里？"

"对。我又折回去，把它找出来了，就在废纸篓里。我原本以为没什么有用的东西，其实根本不是。就是我刚才跟你说的，我的眼睛看见了，又没完全看见……"

"又来了。"杰斐逊心想，但他这回没再说话。

"纸篓里有个废纸团，我把它展平了。纸上有个很大的褐色斑点，不过还能看……"

"知道了。所以呢？到底是什么？"杰斐逊问。

"是打印出来的电子地图。西蒙娜肯定是不小心把咖啡洒在上面了，于是她就把它团成一团扔了，然后打印了一张新的。"

"她的目的地是哪里？"

"莫尔吉弗。"

"莫尔吉弗？这地方在南边，对吧？"

"没错，离人类世界不太远。"

杰斐逊觉得，要承认他自己也去了西蒙娜的家、乱翻过她的私人物品，现在应该是最佳时机了。他告诉吉尔贝，他也有个很重要的发现：西蒙娜每个月都会从银行取出一大笔钱。这件事很可疑，不是吗？

互相坦白后，他们俩都大大地松了一口气。两个好朋友躺在各自的床上，一转眼就都睡着了。

第二天吃早饭的时候，他们一边在大碗热可可里蘸着面包片，一边做出了两个重大决定。

首先，他们坚决不能放弃！还是得去一趟莫尔吉弗，找到西蒙娜，不惜一切代价带她回来。

其次，他们不能再自己行动了。从吉贝特失望而归，这已经证明了他们俩的局限性。相应地，四年前，他们在维尔伯格城的大获全胜则证明了团结就是力量。但是，这次绝对不可能集齐二十七名团员了。

"咱们俩各自从上次的旅行团里找个帮手吧？"杰斐逊提议道，"这样我们的队伍就有四个成员了。"

吉尔贝觉得这个想法棒极了，他甚至还增加了一点儿有趣的"变数"，"咱们给对方来个惊喜怎么样？明天一早出发，周六各自带帮手到集合地点！"

"没问题，小猪猪！"

两个好朋友暂时告别，都感觉自己精神振奋，活力四射，勇气十足，心里充满了崭新的希望。如果他们是女孩子，说不定会紧紧地拥抱对方，一个大概会说"爱你"，另一个大概会回答"比心"。

不过，他们俩一个只说了"保持联系"，另一个回答"行，知道了"。

08

伊尔德夫妇住在城区入口处的一个安静街区里。"这就是爷爷奶奶们会住的房子。"杰斐逊一边走进栅栏门，一边想。他穿过小花园——春天的时候，这里应该非常漂亮——走上门前的几级台阶。还没按门铃，房门就开了。伊尔德先生带着真诚的微笑，将他迎进屋里。

"亲爱的杰斐逊，您的到访让我倍感欣喜。请进，请进……"

吉尔贝同意找帮手的建议时，杰斐逊立即知道自己要选择开心旅行团的哪位成员了。毫无疑问，最佳人选就是——伊尔德先生！

当他们前往维尔伯格城的旅行刚开始的时候，这位善良的獾先生和他的妻子还警惕着杰斐逊，因为被杀害的理发师埃德加先生不但是他们的朋友，更是他们的同类。当时他们听说，埃德加先生正是被一只刺猬杀害的——或者说，这对獾夫妇坚信是这样——而杰斐逊恰恰是一只刺猬。但他们很快就意识到这种偏见是不对的。夫妇俩向杰斐逊道歉，自那以后，他们就一直表现出最诚挚的善意。杰斐逊喜欢伊尔德先生的彬彬有礼，更喜欢他与年轻一辈截然不同的说话方式。虽然他已经上了年纪，但他能带来老一辈的聪明才智。

客厅里昏暗而安静。书籍占了一整面墙，书架旁放着用来爬上爬下的梯子，哪怕最高的那一层也够得到。钢琴安睡着。总之，这座房子跟罗德里戈那个"兔子洞"完全不一样。

"请坐。"伊尔德先生指着一把椅子说道。

杰斐逊暗暗感谢伊尔德先生没让他去坐那把皮质扶手椅。那把椅子又宽又大，他肯定会被椅子"吞没"的。

"您想喝点儿什么？请您尽管跟我说，我很愿意满足您的需要。浓缩果汁？茶？热可可？还是简单的一杯水？"

"我很愿意来一杯热可可。如果这不会让您……"

"完全不麻烦。我很乐意为您准备热可可。"

伊尔德先生从厨房走来，手里端着托盘，托盘上放着两个杯子、两张折叠好的餐巾、一盘点心，还有一壶香味扑鼻的热可可。杰斐逊正看着小茶几上的相框，那里面是伊尔德夫人的照片。伊尔德先生捕捉到了他的目光。

"啊，忘了跟您说，艾丝黛尔已经离开我们了。到下周，就满两周年了。她是在睡梦中离开的，就在我们这座房子里。"

"天哪！"杰斐逊呻吟般叫出声来，就好像有人刚刚用针刺痛了他。

他不知道该怎么处理眼下的状况。或许他应该说一句"请您节哀顺变"，或者其他类似的话，但他觉得这样实在过于正式了，而且显得太干巴。他的脑袋里突然冒出了其他的想法。

"啊，我真的很难过，我非常喜欢她……"

杰斐逊突然意识到，在看到那张照片之前，他就已经预感到伊尔德先生的生活发生了变故。这座房子太安静了，而且伊尔德先生的一举一动——尽管彬彬有礼，却隐约带着痛苦的痕迹。

"在维尔伯格城的时候，你们来跟我握手，我现在还能想起她当时的样子。"杰斐逊接着说道，"那天晚上，我感觉很糟糕，而你们……呃，你们让我从情绪的谷底走了出来。或许这样说有点儿傻，但那是我这辈子最美好的时刻之一。它教会了我很多东西。"

"我们也一样。"伊尔德先生回答，他的眼里闪着光，"我们也从您和您的朋友吉尔贝身上学到了很多东西。你们是那样勇敢无畏，我和艾丝黛尔总是说起你们。好了，请先吃些点心吧，别客气，请随意取用。"

他们共同回忆起在人类世界的疯狂一周中经历的难忘时刻。最后，他们挨个儿说起旅行团中的成员，由衷地笑了起来。

"对了，"伊尔德先生突然问道，"您的姓氏应该是布沙尔·德拉波泰里，没错吧？"

"没错。"

"既然这样，那您可能认识温斯顿·布沙尔·德拉波泰里？他在大学里教授遗传学。"

"认识。他是我的舅公。"

"哦，我以前跟他做过很多年同事。那真是一位充满智慧的学者。而且，他总是那么彬彬有礼，和蔼可亲。"

"您说得没错！"杰斐逊立刻表示赞同，又迫不及待地问，"那您呢？您是教什么的？"

"拉丁语和希腊语，还有古典文学。"

他们就这样闲聊了很久，直到伊尔德先生切入了正题，"那么，请您告诉我，您到底是为什么而来？您在电话里语焉不详，我感到很好奇，您究竟想要我为您做些什么呢？"

杰斐逊尽可能详细地解释了西蒙娜的事：她的失踪；她留给吉尔贝的信（他凭借记忆大致复述了那封信，略过了其中关于他"稍微矮了点儿"的内容，那几句话他觉得自己说不出口）；她的孤独；她那句"我觉得你不一定会同意我的做法"（伊尔德先生当然也听出了它的弦外之音）；她银行账户上每个月支出的一大笔钱……考虑到最终一无所获的结果，杰斐逊没有多说他们去吉贝特的事。毕竟，他们已经以惨败收场了。

当他说完后，伊尔德先生点了点头，看起来显然已经有了自己的想法。

"杰斐逊，您说的所有事情给我提供了线索。我现在还不能绝对确定，但您说的这些话让我觉得……"

"让您觉得什么？"

"依我看来，西蒙娜身上已经集齐了所有的条件：她很脆弱，她失去了家人，她在感情上很孤独，她拥有一笔财富。我想，她似乎是某些'恶人'的特定目标……"

"伊尔德先生，您说的'恶人'是指什么呢？"

"我真希望自己猜错了。但我想，应该是……邪教。"

"千真万确！"杰斐逊心想，"我们怎么就没往这个方向想呢？真够蠢的！"或许因为邪教实在太可怕了，甚至比"兔子洞"先生还要可怕千万倍。但现在一切都说得通了。西蒙娜的信里的确有这样一个细节："我……开始制作一些便宜又新奇的小首饰。有一年夏天，我鼓起勇气，去市场卖首饰，一切就是从那里开始的……"

"没错。"伊尔德先生解释道，"她应该就是在那里被人盯上了。我和艾丝黛尔有几位朋友，他们的女儿就被强行招募到了邪教之中。我对于这些为非作歹者的招揽方式颇有研究。他们会先派出跟目标对象各方面都很相似的成员，这样，目标对象就会对这名成员产生信任。他们很舍得花费时间，在目标对象身上大做文章，给予无限的厚待和关爱。这个过程会持续几个月。"

杰斐逊立刻想到了西蒙娜客厅里的那张照片。西蒙娜站在健步道上，身边站着一个女人，那女人还搂着她的脖子。他打开手机，把照片拿给伊尔德先生看。

"您要谨慎。"伊尔德先生低声提醒道，"您自己就曾经遭遇过毫无根据的指控，所以，凡事都要三思。不过，或许这的确是一条线索。说到线索……您刚才说，您的朋友吉尔贝可能知道西蒙娜的目的地？"

"是的。他说西蒙娜可能去了一个叫莫尔吉弗的地方。"

"莫尔吉弗？那可是一个非常美丽的地方，那里有河流、森林、城堡……就在我们跟人类世界的边境上。您知道吗？很多年以前，我和艾丝黛尔就是去莫尔吉弗度的蜜月。您打算到那里去吗？"

"是呀，还想让您跟我们一起去呢！"杰斐逊差点儿脱口而出。这可不行，他必须说得委婉一些。于是，他说起了自己和吉尔贝想出的主意，在他详细说明他们俩的计划时，伊尔德先生的唇角上忽然流露出一丝微妙的笑意。

"好吧，我听明白了。您到我这里来，并不只是为了聆听我的建议，而是为了让我陪你们一起前往莫尔吉弗。我说得对吗？"

杰斐逊拼命点头，"没错，我正有此意。不过，伊尔德先生，在我们把您卷进这些麻烦事之前，我一定得把所有事实都跟您讲清楚：吉尔贝和我都只是半吊子侦探，事实上，我们基本上得靠运气。关于这次的事情，我们什么都不能确定，手里唯一的线索也很单薄，就连我们要坐的那辆小货车都不太靠得住。我们的预算很有限，所以食宿都会很简陋。我们肯定会遭遇很多棘手的状况……哦，最后一点就是，西蒙娜其实并没有要求我们做任何事……"

"亲爱的杰斐逊先生，我非常感谢您的坦诚相待，这让我倍感荣幸。但是，目前的情况下，我还不能立刻给您答复，请您理解。请您允许我仔细考虑清楚。您看……给我两分钟怎么样？"

杰斐逊原本以为伊尔德先生会说"两周"，所以他忙不迭地答应了。

"在这段时间里，请您品尝一下这三种点心。"伊尔德先生建议道，他自己则若有所思地小口喝着杯里的热可可。

他认真地思考了两分钟，接着，他放下杯子，用餐巾擦了擦嘴，清了清嗓子。

"您刚才提到的所有不利因素都需要慎重考虑。另外，您还很体贴地回避了一个问题：我已经老了。如果我们需要推理或者遣词造句，那我还能派上用场。但是，如果需要在泥潭中匍匐、穿越带刺的铁丝网，或者武力相搏，那我恐怕就没什么用了。可是，经过这艰难的两年，我又急需换个环境，从这座房子里走出去。简而言之，我权衡了利弊，决定答应您的邀请。您已经定下出发的日期了吗？"

杰斐逊紧紧攥住拳头，不由自主地喊出一声充满胜利感的"是的！"

"……已经定了，就在这周六，也就是三天以后。吉尔贝得把他的小货车修一修，还要改装一下，这样才能坐得下四个人。我们俩都觉得，事不宜迟。"

"我完全同意。如果我们亲爱的西蒙娜真的落入了邪教的魔爪，她就面临着极大的危险，我们必须赶快行动起来。但是，我注意到一个对我们很有利的地方，这是从她那封信的内容和语气中看出来的。"

"您的意思是说……"

"我的意思是说，她还没有完全脱离现实世界。她还跟自己的过去、她所爱着的朋友们有所联系，其中当然就包括您和吉尔贝。她的理智还没有被扭曲，她的表述也没有模糊不清。简而言之，还有一小部分的她仍然与我们在一起。这让我觉得，一切都还不是太迟。"

杰斐逊刚要表示感谢，伊尔德先生就截住了他的话："别这样，别这样，是我该感谢您才对。您给这座充满悲伤的房子带来了一丝新鲜的空气。多亏您的到来，在未来的一段日子里，我的每个早晨都有了起床的理由。艾丝黛尔肯定会很高兴的。这周六我一定会准时赴约。"

杰斐逊告别了伊尔德先生。走到街角处，他停了下来，从口袋里拿出记事本，写道：回去查一查"语焉不详"和"招募"两个词的意思。

在接下来的三天里，杰斐逊和吉尔贝通了很多电话，敲定准备事宜。关于邪教的假设改变了整个事件的局面。他们这次大冒险将会持续多久呢？三天还是三周？他们又要带些什么东西呢？什么样的衣服才合适？那个地方是冷还是热？他们要不要带折叠帐篷？要带椅子吗？一箱补给品够不够用？不确定的事情实在太多了。他们必须全力以赴。

吉尔贝早就选定了自己的帮手。根据他的说法，那位帮手"怀着极大的热情"答应了他的邀请。不过，他拒绝透露帮手是谁。杰斐逊也一样。

周六早上，两个好朋友准时到了约定地点，也就是吉尔贝的工作室门口。吉尔贝已经在小货车后部的车厢里固定了一张非常宽大的座椅。

"这是一张牙医诊所的椅子。我通过堂哥罗兰的一个朋友搞到的，几乎没花钱。它超级舒服，靠背还能前后调呢。"

杰斐逊放好了自己的旅行包、背包和充气床垫，满心好奇地仔细观察着周围的动静。吉尔贝到底找了谁呢？瓦尔特·施密特？如果真要打架，或者有什么别的需要大块头应付的场面，那他毫无疑问是宝贵的"财富"。但是，他实在笨拙得出奇，还总有讲不完的无聊笑话，谁敢跟他一起坐车出行呢？不不，吉尔贝一定会多想想的！他或许更想找个女帮手，某个有能力说服西蒙娜的朋友，比如绵羊弗雷洛夫人，她又细心，又会安慰人。也可能是那位奶牛姑娘，西蒙娜对她一直都很友好。可是，换个角度想，他们得在这辆狭窄的小货车里共度几天几夜，恐怕还是找个男帮手更自在一点儿……

正想到这里，他突然看到远处出现了吉尔贝的帮手的身影。杰斐逊顿时发出了一声饱含沮丧的"哦，不要啊……"

瓦尔特·施密特容光焕发，迈着大步径直向他走来。野猪先生身穿军队作战服，脚踏超大号军靴，手里提着两个沉甸甸的行李箱，肩膀都被坠得沉了下去。他的肩膀上还扛着一个尺寸巨大的睡袋。

巧的是，伊尔德先生也刚好从另一个方向来到了约定地点，身后还拖着一个伸缩式拉杆箱。

"噢哟，亲爱的希尔德先生①！"瓦尔特一看见自己的同伴就兴奋地大叫起来，"真是美妙的惊喜！哈，我必须承认，我可真怕来的是某一位狐狸小姐，更怕她们俩一起来！实话实说，跟她们俩在维格伯格城旅游的那一周，我已经受够啦。原因很简单，

① 瓦尔特·施密特总是记错名字。

每当我想在背后偷偷说其中一个的笑话，总是把说话对象错认成另一个！"

如何分配小货车上的座位引起了相当长时间的讨论和协商。如果让瓦尔特和伊尔德先生坐在后面，那就好像把他们俩塞进了一个三面不透风的笼子里，他们也很难欣赏到旅途中的风景。吉尔贝当然必须坐在驾驶座，至于杰斐逊，他礼貌地表示自己要让出副驾驶座，但两位邀请来的帮手都不愿意接受。

"这可不行。"伊尔德先生很坚决地拒绝了，"您还是坐在您的朋友旁边吧，我在后面很好。"

"没错。"瓦尔特跟着说，"我要影院座椅，哈哈哈！我超级爱看电影，尤其是《虎口脱险》里那个矮个儿小老头的电影！"

于是，伊尔德先生别无选择，只能坐在牙医诊所的椅子上，座椅靠背也调到了适合他的位置。

当吉尔贝转动车钥匙、发动引擎的时候，四位队员异口同声地喊了一声："出发！"

这种和谐一致是个好兆头。他们为此露出了笑容。小货车离开城区，向南开去。杰斐逊偷偷地竖起耳朵，听着后面的动静，非常好奇那两位性格迥然不同的乘客面对面坐着，能不能说上五小时的话。果然，对话刚刚开始就没让他失望。

"骰子已被掷下……"^①伊尔德先生说道。

"哎嘿，您说得对。"瓦尔特回答。

---

① "骰子已被掷下"（Alea jacta est）是尤利乌斯·凯撒的名言。公元前 49 年 1 月 10 日，在反复权衡之后，凯撒带兵渡过了卢比孔河，对庞培和元老院宣战。在渡河前，凯撒说出了这句话。

09

蒂娜在预示着春日到来的和煦阳光里欢快地前进。考虑到它在山路上的艰难跋涉和在薄冰坡路上的惊险表现，或许可以说，这辆小货车现在已经恢复了青春。吉尔贝马马虎虎地修补了车身，他的妹妹帮他补好了画，并且幽默地在车身上画了一个十字橡皮膏和一些红药水的痕迹。现在，蒂娜油箱满满，引擎润滑，水箱凉爽，车厢里还载着四位善良勇敢的乘客。真是幸福极了。

起初，坐在后面的两位乘客保持沉默，悄悄观察着对方。不知不觉间，他们聊了起来。杰斐逊和吉尔贝竖起耳朵听着，很快就觉得这可比车载广播有意思多了。

"那您呢，施密特先生，请原谅我的冒昧，请问您从事什么行业呢？"

　　"我是'纸箱业'！"

　　"'纸箱业'是指……"

　　"比方说，包装，储存，防护……这不都得用纸箱子嘛！我平时就跟箱子打交道，现在好不容易从箱子里'出来'啦！哈哈哈！您呢，伊利兹先生①，您是大学教授对吧？"

　　"我曾经是，现在已经退休了。"

　　"啊，那您原来是教啥的？"

　　"古典文学，希腊语和拉丁语。"

　　"哦哦，就是那些已经死掉的语言……"

　　"正是如此。"

　　听到这里，杰斐逊暗骂自己没有把伊尔德夫人去世的事告诉瓦尔特。然而，现在再提起已经来不及了。像这样的情况，瓦尔特肯定会犯蠢的，他在这方面从来没让人失望过。果然，这头野猪真的犯蠢了。

　　"对了，"他突然用一种快乐的声调问道，"您太太最近怎么样？她不想跟咱们一起出来吗？"

----

① 瓦尔特·施密特又记错了名字。

他的脑回路是怎么在一秒之内从"死掉的语言"转换到"您太太最近怎么样"的？而且把这两件事用一句"对了"来连接？这不只是犯蠢，简直是灾难。杰斐逊双手抱头，用眼神朝吉尔贝丢去一把"刀"，仿佛在说：旅行团里明明有二十五个成员可以选择，你偏偏要挑他……

他们没听到伊尔德先生的回答，因为此时小货车开上了一段坡道，吉尔贝不得不加大了马力。当他们摇摇晃晃地开到下坡路的时候，后面的交谈声已经变得更低了，他们只能捕捉到其中的一些词，勉强弄明白瓦尔特和伊尔德先生正在谈论各自的妻子。当他们终于停下车，准备休息吃午餐的时候，吉尔贝打开后面的车门，刚好听到伊尔德先生真诚地对自己的旅伴说道："感谢您愿意跟我交谈。"

"不客气。"瓦尔特不太自在地回答道。

休息站里空无一人。松树下有一张木桌子，看起来就像在等待他们落座。大家坐在用螺丝固定的两张长凳上，拿出了各自带的快餐。伊尔德先生食量很小，他只吃了一小碟生菜和一个苹果。另外三位则饱餐一顿，特别值得一提的当然是瓦尔特，他带来的食物非常充足，并表示"每种都要尝尝"。他的妻子很明智地帮他准备了满满一保温瓶的咖啡，他高兴地把咖啡分给每个同伴。大家用小锡纸杯喝着咖啡（没错，瓦尔特的妻子连杯子都想到了），第一次集体聊起了这次相聚的缘由。

吉尔贝建议杰斐逊作为"领队"，最先发言。杰斐逊本来觉得自己不是什么领队，可他转念一想，这次行动的确是他发起的，他也必须负起责任。

"目前，我们能完全确定的事情并不太多，"他开口说道，"第一，西蒙娜离开家的时候，没带电脑，手机也联系不上；第二，她是自愿离开的；第三，她每个月都会从银行账户里支出一笔钱，已经持续了好几个月；第四，看起来她似乎去了莫尔吉弗，起码一开始是往这个地方去的；第五，她给吉尔贝留了一封信。吉尔贝，你愿意念一下吗？"

"全都要念吗？"

"这样比较有助于我们充分了解信息。"伊尔德先生说道，"如果里面有些内容涉及个人隐私，并且对我们的调查并无裨益，那当然可以避过不念。"

"说得实在太到位了！"瓦尔特叫起来，"我完全同意。"

吉尔贝没做回应，但他显然意识到了自己的特权。他展开信，念了起来。它的确是这次调查的关键之一。

"亲爱的吉尔贝，首先，请原谅我这个小小的谎言——我家里没有什么需要修理的东西……"

其中有些段落让听众们的脸上露出了微笑，比如：

"你知道那首歌吗？'我的脾脏在扩张，胃变得扁趴趴……'我觉得这歌词写的就是我。"

以及：

"哪怕有'苹果核雕刻班'，我也会报名参加的。"

另外一些段落则让他们的眼里充满了泪水：

"……我们这一族奇迹般地存续了这么久，经历了几世几代，现在就只剩下我这么一丁点儿血脉了……"

后来，吉尔贝读到了他们在维尔伯格城里散步的段落，那部分的开头这样写道：

"我总是想起我们三个在老城里漫步的那一天。你，我，还有你的朋友杰斐逊，我们晒着太阳，四处闲逛……"

杰斐逊紧张得浑身哆嗦。"吉尔贝，我亲爱的吉尔贝啊，"他心想，"咱们俩可是从穿开裆裤的时候起就是朋友，这么多年了，从来都没有翻过脸。但是，你要是敢当众叫我难堪，你要是敢把那几个字念出来，我一定会让你知道它们对我的伤害有多大；你要是敢把它们念出来，咱们友谊的小船就算彻底翻了。吉尔贝，你一定要特别、特别、特别、特别小心啊，拜托了……"

吉尔贝或许听到了杰斐逊的心声，他故意清了清嗓子，几乎不着痕迹地跳过了好几行字，继续往下念道：

　　"嗯……没错，我曾经真的以为，就算我们回来了，大家还是会继续联系的。可是并没有。我们的故事就到那张大合影为止……"

　　他当然没有略掉最重要的部分：

　　"我不能告诉你我在哪儿、跟谁在一起、在做什么。我觉得你不一定会同意我的做法。"

　　最后，他声情并茂地念出了结尾：

　　"向你致以最真挚的问候和拥抱，也请代我向你的朋友杰斐逊，以及旅行团里的其他成员问好。西蒙娜。"

　　杰斐逊感谢了吉尔贝，并告诉瓦尔特，伊尔德先生根据目前所有的信息，推测出西蒙娜可能落入了某个邪教的掌控之中。

　　"唔，"瓦尔特做了个怪相，"要真是这样，那咱们可就难办了。我真希望这件事没这么疯狂，最好能用直接的办法解决。要知道，你很难去拯救一个根本不想被拯救的对象。"

　　"您真是完美地概括了我们面对的困境。"伊尔德先生表示赞同，"不管怎样，如果这个邪教果真存在，我们必须首先确定它的所在地，并且确认我们的朋友西蒙娜确实被困在里面。"

"我在网上搜索了'莫尔吉弗'和'索默那'……"杰斐逊说，"没有任何发现。"

他们再次上路了。这一次，杰斐逊非常坚持，伊尔德先生只好接受了副驾驶的位置。他们就快到达目的地了，伊尔德先生肯定很高兴能坐在前面，因为他会认出曾经和妻子艾丝黛尔一起欣赏过的景色。

这个决定是正确的。道路蜿蜒曲折，穿过树木葱郁的山谷。山顶上偶尔冒出一座城堡，山谷里则藏着平静美丽的小湖泊。

"一切都没变。"伊尔德先生轻叹道，"我们曾经住过一家小旅店，店名叫水边的穆塞特。那两位老板是用女儿的名字给旅店命名的，他们的女儿穆塞特那时候大约十五六岁。或许那家店现在已经不在了吧。"

吉尔贝点了点头，"很有可能。它在什么地方？"

"在湖边。当时是夏天，我们俩半夜三更还去湖里游泳呢！这是明令禁止的，我们当然也知道，但是……第二天早上，吃早饭的时候，老板娘问我们睡得好不好，说昨天半夜有几个讨厌的小孩跑到湖里游泳，搞得湖边'一团乱'。她一边说话，一边用充满敌意的目光看着我们。我也不知道她是怎么知道的。我们出去的时候尽可能没弄出任何声音，大概是艾丝黛尔在湖边笑得太大声了吧。啊，这些事真是遥远……"

小货车拐了个弯，他们眼前突然出现了一块标示牌，上面写着"距离莫尔吉弗三公里"。这块牌子将他们拉回了现实和当下。吉尔贝拍了拍身后的栏杆，杰斐逊的脑袋立刻从两把座椅之间露了出来。

"怎么啦？"

"咱们到啦！"

他们在郊外的一座橄榄球场边停下来。大家都下了车，东走西看。这里视野开阔，风景宜人，地面平整。小货车停在更衣室后面，应该没人能发现他们。墙上有一块螺丝固定的牌子，上面草草地写着一行字：雷蒙德·杜塞特球场。

"要是咱们运气好的话……"吉尔贝念念有词地朝更衣室入口走去。

他的运气的确挺好：客队更衣室的门没有锁。更棒的是，水龙头里流出的是热水。

"快来看，这儿有厕所、洗手台、淋浴，甚至还有插座，可以给手机充电！先生们，这算得上三星级酒店的待遇了吧？说说看，你们应该感谢谁呀？"

"谢谢您，吉尔贝。不过，我不确定咱们有权进来使用这一切。"伊尔德先生彬彬有礼地给吉尔贝泼了盆冷水，末了还不忘幽默一句，"我并不希望自己每次来到莫尔吉弗都被责骂甚至驱赶。"

"咱们去村子里转转吧。"杰斐逊提议道，"顺便打听一下消息。"

太阳落了下去，气温也跟着下降了。莫尔吉弗是个非常小的地方，到了这个时间，更是安静得让人感到心慌。中心广场周围的几家店铺都已经打烊，只有一家装潢老派的咖啡馆似乎还开着，招牌上写着"德尼丝与贡特朗之家"的字样。他们推开挂着柔软帘布的门，鱼贯而入。咖啡馆老板是一对中年驴夫妇，他们此刻都在吧台后面：丈夫贡特朗正在看《喇叭日报》的体育版，妻子德尼丝的面前则摊开一本难度三级的填字游戏，她正对着第十二页昏昏欲睡。见到有客人进来，她口齿不清地嘟囔了一句"晚上好"，看起来完全没有要做生意的样子。

"晚上好，女士，我们能在这儿喝点儿东西吗？"杰斐逊问道。

"唔嗯……"驴女士发出含混不清的声音，抬起下巴示意了一下空空如也的大堂。

他们觉得这应该是"能"的意思，于是选了离吧台最近的桌子坐下。瓦尔特·施密特点了一杯啤酒，吉尔贝也有样学样——反正他已经不用继续开车了，伊尔德先生要了一杯洋蓟汁，杰斐逊还是选了他平时常喝的柠檬水。

驴老板贡特朗为他们服务，动作慢得简直令人忍无可忍，吉尔贝干脆给他起了个充满讽刺意味的绰号——火箭。终于，他端着四杯饮料，拖着步子朝他们的桌子走来，杯子在托盘里碰出轻微的叮叮声。"难道所有的驴服务生都睡觉去了？"杰斐逊暗想，"幸好，维苏威比萨店的马克老板永远有用不完的活力。"

"你们……"贡特朗嘟囔着，把两杯啤酒放在桌上，"到这里……"他停下问话，用开瓶器打开伊尔德先生的洋蓟汁，"……看比赛？"

"什么比赛？"瓦尔特问道。

"唔，球赛……"

这位驴老板是典型的问三句答半句。他们花了半天时间才弄明白，明天下午有一场橄榄球赛，莫尔吉弗对阵克朗波涅，淘汰赛。两队是世纪宿敌，据说明天的比赛也可能会拼个"你死我活"。看样子，那座球场是不可能消停了。不过，德尼丝向他们保证，在比赛之前，他们可以随意使用客队更衣室，因为平时也偶尔会有人去球场露营，他们待在那儿是没问题的。据她说，只要他们在离开之前去镇政府结个账就可以了。

贡特朗和德尼丝重新回到吧台后面，大堂陷入了让人郁闷的安静。伊尔德先生率先进入正题，"请问，能跟您二位打听一件事吗……怎么说呢，不知道这附近有没有什么社团？"

"这个嘛……唔嗯……"贡特朗支支吾吾地说，"唔嗯……"

至于德尼丝，她鼓起两腮，发出一声响亮的"噗"，这种动静的意思是："我啥也不知道"。

伊尔德先生摊了摊手，表示他起码尝试过回答了。

"这附近的确有些不太正常的家伙……"

四个伙伴集体朝着声音传来的方向转过身，只见一只小小的鼩鼱独自坐在桌边。她戴着厚底眼镜，整个身体挂在杯沿上，就像扒着一个救生圈。刚才进来的时候，他们全都没有注意到她。

"没错，有一群疯子，就在顶上……你们是想问这个吧？"她用尖厉刺耳的声音问道。

"嗯，可能吧。您说的'疯子'是什么意思？"

"就是那些成天搞花样的家伙……你们知道的……"

"不太清楚。您能说得更详细一些吗？"

"呃，他们整天乱搞一通……"

德尼丝突然站了起来，像放机关枪一样说道："闭嘴吧，嚼舌根的家伙，这里光听你说话了……赶紧喝完你的酒，回家去吧。不好意思，各位，你们也请吧，我们打烊了……"

伊尔德先生付完账，他们还没回过神来，就都被赶到了店外。他们其实很想跟那位鮨鱇女士再多聊几句，可她已经消失在夜色里了。杰斐逊打开头灯，带着这支冒险小队回到了橄榄球场。

他们走进暖和的更衣室，坐在长凳上开始吃晚饭。瓦尔特把其中一个行李箱放在地砖上，打开，里面码着十几个塑料饭盒，每一个都装满了他妻子精心准备的美味小菜。除此以外，行李箱里还有好几瓶葡萄酒，以及十几板巧克力。杰斐逊顿时觉得，吉尔贝对于这位帮手的选择着实不坏。

简单洗漱之后，他们回到了小货车上，一个个筋疲力尽。大家给各自的床垫充了气。杰斐逊把头灯挂在了牙医诊所的座椅顶上。他和伊尔德先生都换上了绒布睡衣，吉尔贝穿着厚运动衫，瓦尔特只穿了短裤和T恤衫。

"我没觉得冷。"他解释道，"大概是因为我的新陈代谢……"

接着，他们钻进各自的睡袋，一顺一倒地躺好，就好像罐头里的四条沙丁鱼。

"好了，我关灯啦。"杰斐逊说道，他的语气就好像父亲在对准备睡觉的小孩说话。

　　他们互相道了"晚安"，但大家的耳边仿佛还回响着那只鮈鱼的话："没错，有一群疯子，就在顶上……你们是想问这个吧？"

　　他们就这样睡着了。

10

第二天上午，调查仍然没有任何进展。首先是因为没有谁可以问话，其次还因为，所有有关社团（他们很谨慎地没有使用"邪教"这种词）的问题都只得到一种答复：沉默，摇头，转身离开。但凡他们向人家打听，对方听到后都试图把他们支开："你们去问甲好了，你们去问乙好了。"或者干脆反问他们："你们打听这个干吗？"

他们目前掌握的唯一线索就是那只鼩鼱说的"顶上"。可是只有一个"顶上"显然太模糊了。不过，他们还是在莫尔吉弗周边转了一圈，一边溜达一边到处观察。即使橡树和山毛榉的叶子全都掉光了，这地方仍然是个非常漂亮的小镇。

这次出行有了一个意想不到的收获。就在他们沿着陡峭的河岸向前行驶的时候，坐在前排的伊尔德先生突然喊了起来："天哪！那边！就是那边！我认出来了！吉尔贝，拜托，能麻烦您稍微停一会儿车吗？绝不会耽误太久的。我只想去确认一下。"

刚下车，他就一路小跑，消失在一条通往湖边的小路上。

"怎么回事？"瓦尔特在后面问道。

"伊尔德先生故地重游去了……"吉尔贝回答。

"哦哦，我还以为他急着去撒尿呢。对了，说到撒尿……"说着，瓦尔特也跳下了车。

整整十五分钟后，伊尔德先生回来了，一脸激动的神情。

"啊，各位朋友！请原谅，让你们久等了。不过，我刚刚经历了罕见的一刻。昨日重现了！不瞒诸位，我刚才找到了我和艾丝黛尔度蜜月时住过的那家旅店，那已经是……已经是……很多年以前的事了。它的名字没变，仍然叫水边的穆塞特，而且店里也几乎没有变化。只不过，现在的老板真正是穆塞特了。她继承了父母的旅店，而且，她现在已经变成……一位非常热情的獾女士。"

返回橄榄球场的时候，他们立刻注意到这里热闹得不同寻常。镇政府的雇员们——全都是野兔——正从一辆小卡车上卸箱子，并把它们逐一搬到球场的露天吧台边。有一位野兔雇员在打扫北面的观礼台——这也是球场里唯一的阶梯座位。还有一位野兔雇员推着划线车，正在球场上划线。

"比赛会好看吗？"瓦尔特插嘴问道。

"比赛总是一等一地好看。"野兔雇员们一边忙活一边回答，"不过，结局总是不怎么样……"

"那又是为什么？"

"因为克朗波涅队全都是无赖和流氓。"

"全队都是？"

"全队都是。"

瓦尔特一点儿也不想跟着野兔们跑来跑去，所以对话到此为止。他转向了在露天吧台后面忙活着的雇员，"不好意思，我想问一下，雷蒙德·杜塞特是干什么的呀？我看见这座球场是以他的名字命名的。"

"是一位50年代的球员。他的姓氏的本意是'温柔的'，但他可一点儿都不温柔。实话跟您说吧，他从来不知道喊疼，他的对手们倒是经常疼得哭爹喊娘。"

"我懂了。今天的比赛会好看吗？"

"打克朗波涅的比赛总是很好看。直到最后不欢而散。每年都这样。"

"每年？那是从什么时候开始的呢？"

"大概一百年了吧。"

"这两个村镇之间是敌对关系吗？"在旁边听到他们聊天的伊尔德先生插话问道。

"啥？敌对……差不多吧，或者应该说，是仇视关系。"

"原因是……"

"原因啊，原因就是克朗波涅队全是蠢货和笨蛋。"

"全队都是？"

"全队都是。"

看来，这场比赛肯定不得了。

将近下午一点，主队开始向雷蒙德·杜塞特球场前进，大批观众不知道从哪里一下子冒了出来。他们拖家带口，坐在阶梯座位上，或者干脆爬上球场周围的栏杆。他们摇着代表俱乐部的绿色小旗，展开的横幅上写着："莫尔吉弗进决赛！"现场还有无数呜呜作响的喇叭，吵闹声震耳欲聋。

下午一点半，两辆克朗波涅旅行大巴车开了过来，车身沾满砸烂的西红柿、各种垃圾以及泥巴。大巴车停在了球场的小停车场里。从第一辆大巴车上下来二十几个朝气蓬勃的年轻球员，个个壮得像伐木工人。他们配合默契，带着蔑视的神情四处张望。这群球员由好几种动物组成，不过主要是公牛、公山羊和公绵羊。他们一路跑进客队更衣室，用钥匙把门反锁起来。

从第二辆大巴车上下来的是五十几个克朗波涅的观众，主队观众用一连串脏话对他们表示"欢迎"，其中最"有礼貌"的是"赶紧滚回你们的车上去吧！"这群客队观众被围在护栏中间，旁边那个维持秩序的政府雇员看起来完全心不在焉。

主队球员一个接一个地来到了球场，有的步行，有的骑摩托车，有的开车。他们神情专注，头上戴着耳机，不停地朝沿途的支持者做出胜利的手势，主队观众也用此起彼伏的欢呼回应他们。

下午两点五十五分，十五名身穿绿色球衣的莫尔吉弗队员和十五名身穿红色球衣的克朗波涅球员——这三十名球员加起来说不定有八吨重——进入了球场。他们一边绕场疯跑亮相，一边注意避开这场比赛的裁判——一只大约只有六百克重的瘦弱松鼠，他的任务是保证比赛全程按照规则进行，然而他的"武器"仅有三种，那就是他的哨子、秒表和勇气。

下午三点整，三十名狂暴的球员同时向对方冲去。至于接下来发生的一切，唯有英法百年战争期间著名的1415年阿金库尔战役可以与之相比。

吉尔贝和他的三个同伴靠着小货车，观看比赛。

"我不太清楚橄榄球比赛的规则。"伊尔德先生说，"不过，球员可以使用肘部打断对手的鼻梁吗？"

"不可以。"吉尔贝明确地回答。

"那么，他可以使用膝盖猛撞对手的裆部吗？"

"也不可以。"

"那我大概是看错了。毕竟咱们离得稍微有点儿远。"

半场结束，松鼠裁判已经出示了七张红牌，但没有一个被罚下的球员离开球场；相反，两队的替补球员全都上了场，裁判根本没法儿阻止；三个球被打爆；九颗牙掉在草地上；十二根肋骨折断了；莫尔吉弗以26比12领先。

"请问，亲爱的杰斐逊，"下半场比赛开始的时候，伊尔德先生问道，"您平时运动吗？我念书的时候会玩槌球，我必须承认，它比橄榄球安全多了……"

杰斐逊没有听到伊尔德先生的提问，他正看着停车场的方向。那里站着两个女人，她们双手插在口袋里，看起来对比赛漠

不关心。

"伊尔德先生，您看到那边的两个女人了吗？"

"看到了。怎么了？"

"右边的那个……特别瘦……留平头……您对她没有印象了吗？"

"没什么印象。不过，我的视力一向不太好。啊，等等，我明白了。您是觉得她像……"

杰斐逊迅速拿出手机，看了一眼其中一张照片，"没错，就是她。我确定。"

眼看那两个女人朝着一辆满是灰尘的房车走去，显然准备上车了，杰斐逊当机立断地叫道："吉尔贝，快点儿！"

"什么？"

"快点儿！我们走！快开车！"

瓦尔特兴高采烈地看着比赛，根本没注意到他们的举动。他当然是支持莫尔吉弗队的，他大叫大嚷，给客队喝倒彩，有节奏地振臂高呼，不停地大喊"莫尔——吉弗——！莫尔——吉弗——！"激动得唾沫四溅，就好像他的祖先，甚至他自己，全都是土生土长的本地人。

小货车蒂娜的表现棒极了。它立刻顺利地发动起来，稳重，顺畅，迅捷。那辆巨大的房车就在他们前面大约一百米的地方。

"吉尔贝，注意保持距离。别让她们发现咱们。不过，也别跟丢了！"

"知道了。你要我开得又快又稳，是这个意思吧？"

"你太聪明了。"

他们沿着早上开过的省道疾驰了几分钟，只不过，这一次湖泊在他们的左手边。拐过一系列弯后，他们进入了一条笔直的道路，那辆房车短暂地出现在道路尽头。紧接着又是连续几个拐弯，然后再是一段直道。突然，房车消失了。吉尔贝咒骂了一句——先前就有个克朗波涅球员因为这句脏话吃到了红牌——接着突然加速，害得小货车发出一声抱怨。

"别着急，我马上就能追上它！"

"不对！等等！别加速，快减速！她们应该往右边去了。"

杰斐逊或许真的猜对了：就在他们所在的直道中段右侧，延伸出了另外一条跟它垂直的道路，路边没有任何指示牌，不知道通向哪里。他们小心翼翼地开到了这条路上。

"不用急。"吉尔贝说，"要是跟丢了，那也是没办法的事。只要她们真在这里转了弯，咱们就肯定找得到。"

这条路越来越陡，路的两边长满了茂密的荆棘。他们开了大约两公里，面前出现了一片青草覆盖的高坡，远处有一座砖石砌成的巨大建筑物。

"停车！"杰斐逊叫起来，"吉尔贝，你把车停到那边的树底下，争取把它藏起来，千万别再往前开了。我步行过去看看。"

这里很冷，天上风起云涌。杰斐逊立起了衣服领子。

每到这样的时候，他就很庆幸自己不是又高又瘦的身材。他个子矮小，行动灵活，所以才能悄无声息地前进。很快，杰斐逊来到了足够近的地方。他看到前方有一座拱门，两边的门扇都敞开着。他又往前走了几米，看到那座拱门正中间刻着一个名字：阿尼莫斯。

他站在门前犹豫着，不确定自己还要不要往前走。但是，如果要继续带着伙伴们一起冒险，他就必须做出决定。于是，杰斐逊又往前走了二十几米，穿过拱门走向了更深处。里面是一个巨大的院子，院里停着两辆车。一辆是他们刚才追踪的房车，另一辆是小轿车，没有牌照，一侧的车身有些凹陷。

杰斐逊转身就跑，心脏怦怦狂跳。他一路跑回了吉尔贝的小货车上。

"就是这儿！"他忍不住叫道，"咱们可以回去了！"

在球场附近，他们刚好遇上了那位松鼠裁判，他正怒不可遏地走出球场。吉尔贝降低车速，放下了车窗。

"裁判，比赛结束了吗？"

"我不知道。我也不在乎。"松鼠裁判咆哮道，"我在甲级联赛里当了二十三个赛季的裁判，从来没见过这种事！从！来！没！有！"

"谁赢了？"

"谁赢了？先生们，我告诉你们，反正橄榄球没赢！我向你们保证，这块场地上不存在任何公平竞技的精神！"

他用手按了一下肚子，只听那里面传来一阵微弱的响声。接着，他大步朝自己的车走去。

"是我听错了，还是他把自己的哨子给吞下去了？"吉尔贝问道。

球场里传来惊人的喧哗和叫嚷，吉尔贝和杰斐逊立刻猜想，场上的比分肯定在下半场发生了变化。他们仔细辨认着荧光屏上的数字，上面写着：莫尔吉弗45，客队26。真是意料之中的比分。那两辆克朗波涅旅行大巴正要发动。第一辆车上的客队支持者们收起了手里的小旗和横幅。第二辆车上，被打败的球员们互相推挤，既没换衣服，也没冲淋浴。

两位司机在主队观众的嘲讽和挑衅中艰难地开车前进着。

"我们爱你们，笨蛋！"

"快点儿回来呀！"

"我们已经开始想你们啦！"

风暴过后，一切恢复了平静，只有镇政府的野兔雇员们还在忙着收拾露天吧台，打扫球场及其周围的卫生，并倒空所有的垃圾桶。小货车不见了，客队更衣室也不让进了，伊尔德先生和瓦尔特只好坐在看台台阶上。杰斐逊和吉尔贝远远地看到了他们，他们俩似乎相处得很融洽。

四个伙伴重新聚在一起，冬季的阳光平静柔和地照着他们。大家并排坐着，杰斐逊讲了一遍刚才的追踪，总结说，他现在绝对确定西蒙娜已经加入了一个名叫"阿尼莫斯"的"社团"。他的确在院子里看到了那辆没有牌照、车身凹陷的小汽车。而且，最关键的证据是，西蒙娜每个月从银行账户上支取的金额转给了"索默那"（Somena），它刚好就是"阿尼莫斯"（Anemos）倒过来写。

"太好了！"瓦尔特高兴地说，"这下我们可找对地方了！"

没有谁表示反对。伊尔德先生抿着嘴唇思考片刻，微笑着说道："我没有别的意思，只是想跟各位说，'阿尼莫斯'在古希腊语中是'风'的意思。"

"天哪，伊尔德先生真是太优雅了！"杰斐逊暗想，"他总是能说出让你完全意想不到的话来。"

"原来如此！是'风'的意思啊！"吉尔贝说，"亲爱的伊尔德先生，您还有什么其他想法吗？"

"我认为，我们必须深入了解这个'社团'。没错，就让我们暂时称之为'社团'吧。但是，我们显然无法从这里的居民口中获得信息。他们要么心怀恐惧，要么跟这个'社团'存在利益关系。总而言之，这里的法则就是缄口不言。我们首先必须明确回答一个简单的问题：'阿尼莫斯'真的是一个邪教组织吗？如果这个问题的答案是肯定的，那么，我们就要思考第二个问题了：到底该怎么做，才能把西蒙娜从那里解救出来？"

"照您看，什么是邪教？"吉尔贝问道。

"要辨认邪教组织，首先要看它是否侵扰到信徒的头脑和精神，还要看它是否将信徒与其周围的环境隔绝，是否损害他们的人身权，是否要求他们订立超过其财力限制的契约。"

吉尔贝觉得自己急需把这段话翻译成更好懂的语言。他想了想，说道："要是我理解的没错，您的意思是，邪教组织会搅乱你的脑子，绑架你，让你生病，最后，他们还要掏空你的口袋，对吗？"

"亲爱的吉尔贝，"伊尔德先生答道，"所有的大学教授——首先就是我自己，都应该学习您这种简洁明了的表达方式。我绝不是开玩笑。"

大家一边交谈，杰斐逊一边不停地敲着手机。他的查询结果有力地回答了伊尔德先生刚才提出的第一个问题。"阿尼莫斯"是由一个名叫维托大师的人类在二十年前创立的。他鼓吹"从根本上净化自我"，并声言保证所有被传统医学抛弃的病人都能在短时间内痊愈。

"西蒙娜是不是被他蒙骗了？这说法确实很有诱惑力，她又浑身都疼……"瓦尔特说道。

"是的。依我看，她肯定是被这个坏家伙给坑了。"吉尔贝说，"看起来装神弄鬼的，说不定，他的真名其实是杰拉德或者让-米歇尔这种普普通通的名字。"

"你们听听这段，"杰斐逊埋头看着自己的手机屏幕，"这都是维托大师说的。他说，'我把双脚放进我的夏瓦拉之中，我感觉到沿着我的脊椎，尤其是在我的颅骨内部，在我的头顶，涌出一股热浪，某种神秘的连接将深远的内在与广阔的未知联系在一起，某种光辉普照……'"

"他说的这都是什么啊？"吉尔贝打断了杰斐逊，"哪儿来的光辉？他的沙巴拉又是什么东西？"

"是他的'夏瓦拉'。我猜应该是一盆热水吧。等等，还没完呢。'这条意识之路伴随我的接收、感觉和接纳。我为这内在的炼金之美感到如痴如醉，我敏锐地体验着光辉的存在，我与这光辉相遇，它照亮了独属于我自己的光辉的相遇。'"

"这番话真是混乱无章啊！"伊尔德先生评价道。

"您说得对。"吉尔贝表示同意，"要是我用个委婉的说法，他说的这玩意儿实在含混不清。"

"不错嘛，你都会使用委婉的说法了。"杰斐逊说。

"反正都差不多。说白了就是狗屁不通。"吉尔贝大笑道，"有这家伙的照片吗？我很想看看他的尊容！"

"有，你们看。"

维托大师是个六十岁上下的英俊男人。他的一头银发整齐地梳到了脑后，面带微笑的表情却好像一头肉食动物。他脚穿便鞋，身披南瓜黄色的长袍，站在水泥砖墙前面，那堵墙仿佛由金砖筑成一般美丽发光。

他的唯一联系方式是一个电子邮箱：vintoh@anemos.com。

大家一致决定，从明天开始，在镇上务必时刻保持警惕。如果运气好，他们很可能遇到"社团"成员。如果运气足够好，他们甚至可能遇到西蒙娜。而如果一无所获，他们就得换一种策略了。但无论如何，这次的任务显然很困难。

　　他们在夕阳中坐在看台台阶上吃了晚饭。瓦尔特打开一瓶葡萄酒，"这是为了鼓舞士气。"他解释道。大家也的确需要士气。只有伊尔德先生还是只喝水，他说自己向来滴酒不沾。

　　"您就喝一小口嘛，没关系的！"瓦尔特坚持道，"啊？什么？您不喝啊？行吧……"

　　伊尔德先生还给他们准备了另外一个"惊喜"。晚上的洗漱过后，他请求吉尔贝将他送到"水边的穆塞特"旅店去。伊尔德先生说，前一天晚上，他在充气床垫上睡得很不好，所以在旅店里订了一间房，各位不会因此对他心怀不满吧？大家纷纷表示绝对不会。杰斐逊反而暗暗责怪自己，怎么能让一位已经退休的老教授跟他们这样的年轻朋友一起受苦受罪呢？不过，瓦尔特虽然比伊尔德先生年轻，但毕竟也步入中年了，像这样的艰苦条件，他又能坚持多久呢？

　　于是，今晚的小货车宿舍里就只剩下三声"晚安"。关灯之前，杰斐逊翻开自己的记事本，记下了又一个新词："缄口不言"。

11

第二天早上，吉尔贝正要按照约定，开车去接伊尔德先生，一辆美国西部风的皮卡直接开了过来，停在离蒂娜不到十米远的地方。驾驶座上的獾女士面带微笑，远远地朝吉尔贝友好地打了个招呼。她让伊尔德先生下了车，就迅速掉头开走了。

"那就是穆塞特吗？"吉尔贝问道。

"正是她。她表示很愿意送我回来。她还说，不好意思，她必须赶紧回去，因为今天早上旅店里只有她自己。"

这时候变天了，空中飘起绵绵细雨，气温下降。他们发现整个镇子又变得跟前两天一样安静了。看来，这里的居民每年只"爆发"一次，那就是克朗波涅队到来的时候；至于其他的日子，他们说不定全都在冬眠。四个伙伴分头行动：瓦尔特和伊尔德先生前往"德尼丝与贡特朗之家"咖啡馆，希望能再收集一些信息；杰斐逊和吉尔贝去面包店买补给——总不能一直靠瓦尔特带的食物养活大家。

刚推开面包店的门，他们俩就大吃一惊——西蒙娜！

西蒙娜正在翻零钱包，准备付账！唔，不是西蒙娜……从后面看，真的很容易弄错。她们都有着瘦高的轮廓，甚至一模一样的窄肩膀，一模一样的背包。不过，这只年轻的兔子——他们俩匆匆瞥到了她的圆脸，还有脸上的雀斑——并不是西蒙娜。她避开了杰斐逊和吉尔贝的目光，低头离开了面包店，手里紧攥着一袋子酥皮面包——半截羊角面包从袋口露了出来。

"两位先生，买点儿什么？"面包店员鸡女士问道。

"啊，我们想看看您这儿有什么馅饼。"

"您想要咸味的馅饼，还是甜味的水果馅饼？"

"两种都想要……我们还想买点心……"

"咸味的点心？"

奇怪的是，这位店员一直显得心不在焉。他们终于发现，她其实一直盯着外面，也就是他们身后。吉尔贝和杰斐逊也转过身去。他们看到刚才那只年轻的兔子就在广场的另一边，她侧身藏在一个隐蔽的角落里，正拼命往嘴里塞刚才买的食物。即使隔着这么远的距离，他们也认出了她手里的卷边苹果酱馅饼、巧克力面包以及两个羊角面包。她手里的口袋迅速变空了。她把袋子揉成一团，扔进垃圾桶，扫掉粘在自己外套上的残渣，离开了。

"唉……"店员长叹一声，缓缓地摇了摇头，"看着这种事，真让人心里难受……不好意思，您刚才说什么？是想买刚烤好的法棍面包吗？"

"不是。我们想看看您这儿有什么馅饼……请问，刚才那位顾客住在镇上吗？"

"咸味的话，我们有菠菜馅饼，还有大葱馅饼。这两种都是本店自制的……"

杰斐逊和吉尔贝站在面包店门口，胳膊底下夹着一堆好吃的，但没有打听到任何有关"阿尼莫斯"的消息。他们甚至都没敢再开口问那位店员。

等到推开咖啡馆的门，他们俩立刻觉得眼前这一幕似曾相识。伊尔德先生和瓦尔特仍然坐在上次那张桌子旁边，德尼丝和贡特朗也还待在吧台后面相同的位置。贡特朗翻着《喇叭日报》的体育版，正在研究一场大型赛马会；德尼丝对着填字游戏的第十三页昏昏欲睡。

"……唔嗯……"贡特朗发出含混的声音。

"……上午好……先生……"德尼丝打着哈欠说。

杰斐逊和吉尔贝来到朋友们身边坐下，各自点了饮料。杰斐逊低声讲起了那只饥不择食的兔子。

"您没看到！她就像三天没吃东西了似的，甚至差点儿噎死！"

伊尔德先生并没有表现出惊讶的样子。

"邪教组织里经常出现这样的情况。信徒们往往得不到充足的食物供给。"

吉尔贝和瓦尔特同时瞪大了眼睛。他们俩的食量都很大，每天都吃不饱这种事显然让他们倍感不快。

"不给他们足够的东西吃？这是为什么啊？"

"为了让他们身体衰弱，降低他们辩证思考的能力。邪教组织也可能剥夺信徒的睡眠。这样，信徒们就会长期处于疲劳状态，以至于无法思考。要想进行有效的推理和有力的反抗，必须拥有充足的能量和清醒的头脑。所以，邪教组织要设法让信徒不具备这些条件。"

"而且，他们还可以少花点儿钱！"一贯从实用主义角度出发的吉尔贝点评道。

瓦尔特用手指不停地敲着桌面，"我的天哪，这种事简直让我脑袋发热，恨不得赶紧行动！他们这是在害西蒙娜！真是气死我了！"

另外，还有一件事让他们四个感到心烦。他们之所以到这家咖啡馆来，是为了见到更多居民，收集更多信息。可是，除了那天晚上的鼩鼱女士，他们根本没在这里见到过任何其他顾客。瓦尔特决定问问情况。他清了清嗓子，朝着驴夫妇抛出了另外三个伙伴都正想问的那个问题："请问，您二位明明这么热情好客，和蔼可亲，可咱们这里为什么没客人啊？这到底是怎么回事？"

贡特朗思索了好一会儿，终于支支吾吾地回答："啊，这个嘛……可能是因为……唔……"

"因为什么呢？"伊尔德先生忍不住追问道。

"因为他们都在'鲍里斯之家'呢。"德尼丝帮她的丈夫"翻译"道。说着，她有些神经质地开始使劲翻动面前的填字游戏本，好像想把那些错误的答案都抖搂掉。

"这个'鲍里斯之家'在什么地方？"

"就在……那个……"贡特朗口齿不清地说。

"就在教堂后面。"德尼丝帮他解释道。

四个伙伴绕过教堂，心里暗想，真不知道当初怎么会错过这里呢。半个镇子的居民都聚集在这儿。甚至还不到喝餐前酒的时间，这里的气氛已经格外活跃了。这里有一台投币式点唱机和两块电视屏幕，各种音乐混响使得所有顾客必须大喊才能互相交谈。老板是一头高个儿秃顶的驴子，他紧盯着大堂里到处穿梭的服务员们。显然，几乎所有对话都围绕着那场橄榄球比赛，克朗波涅队球员的耳朵现在恐怕已经被他们念叨得要着火了。

"嘿，你看到那个一直叫妈妈的壮公羊没有？"

"还有那个8号！整个下半场，那头公牛的鼻子眼儿里都塞着两团棉花，要不然鼻血就流个不停！"

四位人生地不熟的来访者一致觉得，完全没必要参与这类讨论。他们重新回到球场，在寒冷的冰雨里瑟瑟发抖。只有瓦尔特觉得这样的天气非常"提神"。之后大家坐在客队更衣室里的长凳上，他们都下意识地选择了上一次的位置。吉尔贝瞟了一眼暖气，它的手柄处正在漏水。

"哟，你肯定已经漏了很久了吧……"他嘟囔着，起身去找自己的工具箱。

过了一会儿，吉尔贝回来了，跪在暖气跟前开始修理。

杰斐逊开口道："那个，我仔细地想了想，终于想到一个办法。不过，还需要大家一起来讨论才能做决定……"

"阿杰，你就别绕圈子了！"吉尔贝打断他，用一把大钥匙切断了进水口，"有话直说。别担心，我听着呢。"

"是这样……"杰斐逊继续说道，"我先简单总结一下目前的情况吧。首先是积极的方面：第一，我们已经确认'阿尼莫斯'是一个邪教组织，也确定了它的具体位置；第二，呃……其实，我也想不出还有什么别的积极方面了……"

"当然有哇！"瓦尔特纠正他，"还有许多积极方面呢！咱们看了一场超级精彩的橄榄球赛；咱们就像是在度假；咱们相处得很不错；咱们的史蒂格先生还找到了他以前住过的旅店，他可是在那儿……"

"我的意思是，就咱们的调查来说。"杰斐逊解释道。

"另外，"伊尔德先生对瓦尔特说道，"我注意到，您似乎不太记得清我的姓氏。我姓伊尔德。不过，请您放心，我并没有生气。各位，我有个小小的建议，既然我们相处得很不错，那么，请大家不必总是叫我伊尔德先生，直接叫我的名字就可以了，我们彼此以'你'相称，这样交谈会更容易一些。"

"那可太好了！"瓦尔特高兴地说，"你叫什么名字？"

"马尔库斯。"

"好嘞！那我以后就叫你马尔库斯。各位，你们也叫我瓦尔特就行了啊。"

大家纷纷点头同意。杰斐逊接着说道:"依我看,如果我们在镇上等西蒙娜出现,可能要等几周。可我们没有这么长的时间,吉尔贝已经好几天没工作了;从今天早上开始,我原本也应该回学校去上课的;至于您,施密特先生……"

"叫我瓦尔特就行啦。"

"好的。瓦尔特,你的公司肯定也有很多事情……"

"啊哈,不用担心我!他们都以为我在参加'世界纸箱业年会'呢!哈哈哈哈!"

"那太好了。还有您,伊尔德先生,哦,不好意思,我是说,马尔库斯,你……"

"我没关系。我有充足的时间,没有谁在家里等我。杰斐逊,请继续说下去吧。"

"好的。各位,我们现在没法儿用手机联系西蒙娜,没法儿给她寄信,我们甚至不能完全确定她在这里,也找不到可以打探消息的人,可是,我们又必须赶快行动。所以,依我看,最好的办法显然就是……"

"……就是什么啊?"吉尔贝催问道。

"……就是让我们当中的一个进入'阿尼莫斯'。"

雷蒙德·杜塞特球场的更衣室里陷入一片寂静。

"我想得没错，"吉尔贝突然说，手里还拿着暖气阀门，"密封垫圈太旧了，没法儿用了。阿杰，你刚才说什么？哦，对了，得进入'阿尼莫斯'。那你肯定仔细选过了吧？你想选谁去？"

"我想的是……我自己。各位，请先听我解释！我用的是排除法。瓦尔特，不好意思，你看起来实在不像邪教组织的信徒。你完全不脆弱，起码，我一点儿也看不出来。而且，你也不是那种信口开河的性格。依我看，如果你去的话，一定会被他们怀疑的……对不起，我希望你不要介意。"

"完全不介意，亲爱的杰斐逊！正相反，我觉得你说得太对了，我可一点儿都不想把脚放进他们那个什么芭芭亚……反正就是什么热水盆里。"

"至于你，马尔库斯，你比瓦尔特更有'优势'。你失去了妻子，处于悲伤之中，我听说有些邪教组织专门愿意招募这样的信徒。不过——我没有冒犯你的意思——你已经不年轻了，万一需要奔跑、隐藏、打斗……"

"我明白，亲爱的杰斐逊，我已经过了能做这些事的年纪了。"

"那么还剩下你，吉尔贝。很遗憾，我觉得你身上汇集了所有的不利因素：第一，你看起来就不像邪教信徒；第二，你根本受不了忍饥挨饿；第三，你肯定会一直盯着他们笑个不停。"

"说得都没错，"吉尔贝点点头，又反驳道，"但你别忘了，西蒙娜那封信可是直接写给我的……"

"西蒙娜只是请你帮她照看房子，并没有让你去营救她。这一系列调查都是由我发起的，现在，我必须为此负责。所以，我决定选自己。"

瓦尔特无声而缓慢地做出了鼓掌的动作，"杰斐逊，说得好！'世界纸箱业年会'上绝对听不到这么精彩的发言，哈哈哈哈！你太棒了！有水平！有格调！"

大家继续讨论了一会儿行动原则，但一致同意这个策略：由杰斐逊假扮成潜在的信徒，尝试接触邪教组织'阿尼莫斯'，其他三个同伴作为坚实后盾，确保在危急时刻帮助他安全脱身。

他们所知道的唯一能与"阿尼莫斯"联系的方式是通过电子邮件。所以，必须先写一封信。这可不是一件容易的事。他们花了半小时，分别试着用杰斐逊的语气写信，再聚在一起讨论各自的版本。

瓦尔特的版本：

亲爱的维尼托大师：

　　您那儿招实习生吗？我对您通过双脚净化自己的方法很感兴趣，我也很想得到自我完善。我随时都有时间，只要收到您的答复就能开始工作。

　　恭候您的消息。

杰斐逊·布沙尔·德拉波泰里

杰斐逊的版本：

　　维托先生，有人向我盛赞您的社团，听说它能给成员带来许多益处。我的身体不太好，所以，我忍不住想，或许我也可以从中获得帮助，甚至获得身心愉悦。不过，或许您只接纳人类成员？我是一只年轻的刺猬，居住在动物王国。如果我也能入团，还请您指点，我该做些什么才能加入。谢谢您。

您忠实的，杰斐逊

伊尔德先生的版本：

　　维托先生，希望您能够顺利收到这封邮件。我觉得自己就像是在海上放了一个漂流瓶，不知道它能否漂到您的手中。我的生活动荡不安，无论身体还是心灵皆是如此。事实上，我一直在追寻身体的痊愈和心灵的安宁。您是能帮助我的人吗？我迫切地等待着您的回复。

　　向您致敬。

　　　　　　　　杰斐逊·布沙尔·德拉波泰里

吉尔贝的版本：

　　哟，亲爱的文托导师，您好哇！要是您那个什么夏芭达漏水了的话，我就是您要找的人！我还可以顺便帮您调一下锅炉！从您的穿戴上看来，我感觉您那里显然是太热啦！

　　　　　　　　您忠诚的暖气专家，吉尔贝！

大家首先排除了吉尔贝的版本——这显然只是他开的一个玩笑，然后又排除了瓦尔特的版本——有些过于程式化了。所以，现在只剩下两个选项。他们很快就有了选择，因为伊尔德先生说，跟杰斐逊的口吻最相像的当然是杰斐逊本人写的信，而且，他觉得这封信没有任何需要更改的地方。

　　于是，在他们到达莫尔吉弗的第三天，中午十二点三十七分，一封邮件从jefferson.bdlp@pa.com发往vintoh@anemos.com。发完邮件后，四个伙伴将买来的食物堆放在更衣室的瓷砖地面上，胃口大开地吃起了午饭。

12

他们原本预计要等很久，但对方回信的速度比预想的快得多。瓦尔特刚要把梨子馅饼切成四份，杰斐逊的手机就在口袋里振动起来。大家立刻全都安静下来。

杰斐逊打开电子邮箱，读起回信：

亲爱的杰斐逊，您当然可以加入我们！我们非常欢迎动物朋友！事实上，我们在动物王国也设有一处"庇护所"，那里就是给动物朋友们准备的。它离一个叫作莫尔吉弗的镇子不远。如果有机会，我很愿意在那儿跟您见面。我们可以先聊聊天，您可以讲讲您的

身体怎么"不好"。如果您不方便出门，我也很愿意直

接到您家里跟您见面。您只需要告诉我您的住处就可

以了。期待您的回信。

蒂娅（维托大师的合伙人）

"哇！"吉尔贝叫道，"他们倒是效率很高嘛！这就上钩啦！"

"'蒂娅'是古希腊语中的'女神'。"伊尔德先生若有所思地说，"这个名字值得引起注意。"

杰斐逊紧盯着邮件，就好像想从中找出什么言外之意，或者隐藏的威胁，"我绝对不能直接回复她说我就在莫尔吉弗，那也太可疑了……"

"确实如此。"伊尔德先生说，"你可以跟她说，你离莫尔吉弗有一两小时的路程，约她明天下午在镇上见面。"

"那她要是问我怎么过来，怎么离开，今晚住在哪里，我该怎么回答呢？"

"这个嘛……你可以跟她说，是朋友们开车带你过来的，你晚上就在……就在……我也不确定，比如说，你可以在'水边的穆塞特'过夜。"

杰斐逊叹了口气。看来他必须撒谎才行，他最讨厌撒谎了。

"你就别操心这个啦！"瓦尔特安慰道，语气突然显得更熟络了，"你这样可远远算不上说谎！起码比那些真正的坏蛋要强得多！"

杰斐逊回复了蒂娅的邮件。当天午夜，她再次回信了：

> 亲爱的杰斐逊，这真是太好了！如果您方便的话，我们就在镇广场边上的"德尼丝与贡特朗之家"咖啡馆见面吧。您会发现那是个很安静的地方，两位老板也很亲切。等您到了就告诉我，我很快就能跟您见面。
>
> 蒂娅

"'安静的地方'？"吉尔贝咯咯笑起来，"这倒是真的！"

吉尔贝看杰斐逊一副焦虑不安的模样，于是，他把手放在朋友的肩膀上，轻轻地晃了两下，"小刺猬，别担心！咱们确实得分开行动，但是你放心，我们仨不会走远，你可以绝对相信我们。如果情况不对，你就发个信号，我们保证马上冲过去帮你。"

伊尔德先生和瓦尔特也点头表示赞同。

"好吧。"杰斐逊回答，他看起来好像快哭了，"谢谢你们。"

四个伙伴各自伸出双手，八只手交叠着，放在原本装梨子馅饼的破纸盒上方。看起来就像是半场比赛结束时的莫尔吉弗队。

下午，天气明显变差了，绵绵细雨变成了大雨，大雨又变成了雨夹雪。他们费了好大劲才把小货车开回镇上，大家都被雨刮器滑稽的动作"震撼"了。按照伊尔德先生的说法，它们看起来就好像一对心律不齐的病人。

吉尔贝开到咖啡馆附近，才让杰斐逊下了车。他看着杰斐逊脑袋上蒙着外套，一路小跑到门口。吉尔贝握紧拳头，对着好友做了个"加油"的手势，接着开车前往"鲍里斯之家"。他们打算在那家咖啡馆等杰斐逊回来，除非那个蒂娅直接把他带去所谓的"庇护所"。

"德尼丝与贡特朗之家"里仍然空无一人，杰斐逊对此已经习惯了。两位老板似乎从大早上起就没动过地方。他们同时打了个招呼：

"唔……来啦……"德尼丝说。

"唔嗯……"贡特朗说。

杰斐逊点了一杯热可可。贡特朗的动作实在太慢了，以至于他完全有时间按照约定发出邮件：

女士，我已经到了莫尔吉弗，正在咖啡馆里等您。

待会儿见。

杰斐逊

　　他的心脏跳得非常快，简直像是在等待相亲。但目前的情况显然不那么让人愉快。杰斐逊心里突然充满了怀疑。说到底，西蒙娜已经成年了，她的选择是她的私事，别人应该尊重才对。他凭什么插手人家的生活呢？如果她现在非常幸福，那他不就变成了干涉者吗？再说，他又凭什么把另外三个伙伴拖进既麻烦又不确定的冒险当中呢？杰斐逊简直想立刻站起来，把钱留在桌上，放弃那杯热可可，直接从这里逃走。就在他伸手到口袋里去拿手机时，咖啡馆的门开了。

　　一个旋风般的身影随着外面的寒风一起卷了进来。蒂娅的穿着打扮既花哨又不协调：方格长裤搭配蓝短裙，穿旧了的宽大套头毛衣外面套着一件无袖外套。这是杰斐逊第一次见到她本人的正面，他简直被那双硕大的绿眼睛惊呆了。蒂娅径直朝他走来。

　　"我猜，你就是杰斐逊吧？"

　　"是的。女士，下午好。"

　　"不好意思，让你久等了。"

"没关系。"杰斐逊结结巴巴地说，"您要喝点儿什么吗？"

"嗯，我来一杯柠檬茶。贡特朗，麻烦你啦！杰斐逊，不用那么客气，你直接叫我'蒂娅'就行了。"

她坐在杰斐逊对面，面带微笑，直盯着他的双眼。她的上嘴唇神经质地抽搐着，左侧嘴角不停地往上提。

"艾可丽达可没跟我说过你的这种潜质！这太有意思了！"

什么"艾可丽达"？什么"潜质"？杰斐逊完全摸不着头脑，面前的女人就像一阵龙卷风，她说的话他全都听不懂。

"咱们能不能从头说起啊。"他心里暗想。

"那个，请问，谁是……艾可丽达？"

"啊，不好意思，我想不起来她原来的名字了。她跟我一样高，跟我一样瘦，戴眼镜。"

"西蒙娜？"

"对，应该没错。不过，要是你哪天遇到了她，千万不要这么叫她，她不喜欢。'艾可丽达'在希腊语里是'蚱蜢'的意思。这是她自己选的名字。要是你也来加入我们，你会给自己选个什么名字呢？'羽毛'？'苋菜'？总之，一定要选一种轻盈的东西。不好意思，我扯远了。我总是容易扯得太远。请你先跟我说说……你为什么联系我们吧？"

分别之前，四个伙伴一致决定，见到蒂娅的时候，杰斐逊先不要提及西蒙娜，免得引起怀疑。可是现在，这个女人自己先说起了西蒙娜，一切都超出了预想。尽管杰斐逊非常好奇，很想进一步了解，但他不敢再问"潜质"是什么意思了。他下定决心似的开口说道："我只知道西蒙娜，啊不，是艾可丽达她在……"

"在我们的庇护所？"

"对，在你们的庇护所。那个……她还好吗？"

"她好极了。"蒂娅回答，尤其强调"极了"的发音，同时把她那双绿湖似的眼睛睁到了最大，"她跟我说起过你，还跟我说了一些非常惊心动魄的事情。我没想到你竟然……竟然那么光彩照人。"

杰斐逊的脸红到了耳朵根。他心想，"啊，没错，我现在不但'照人'，甚至都'烫人'了呢。"

"哦。"他开口说，"听到她很好，我也很开心。我是在上网的时候发现阿尼莫斯的……我本来是打算搜一些……'替代疗法'的信息，是别人跟我说的，好像是叫这个吧……"

"没错，是有这个说法。那么，有什么事情让你感到痛苦，是吗？希望你能如实地告诉我。光是看你的样子，我可什么都看不出来。不过，我希望这不会让你觉得为难，自愿说出来是最好的。"

"不，我一点儿也不为难！确实有点儿难以启齿，仅此而已……"

"杰斐逊，你愿意怎么说都可以。"

贡特朗端着托盘，里面放着茶壶、茶杯和茶匙。他穿过大厅走来，托盘里一直发出叮叮当当的响声。在叮当声的掩护下，杰斐逊迅速从脑海里找出了事先准备好的说辞。

"呃，那个，怎么说呢……是呼吸系统的问题。我得过支气管炎、咽喉炎、鼻炎……简单来说，所有跟喘气有关的问题，我都沾边儿。只要稍微降一点儿温，我就完了！这真不公平。哪怕是别人对我使劲吹一口气，我也会鼻涕直流。可我妹妹切尔西就算穿着T恤去北极也没事！那些医生给我开了各种药，片剂、糖浆、抗生素、抗病毒……总之，什么药对我都没用。"

他停顿了片刻。在一分钟之内滔滔不绝地说了这么多谎话，让他觉得筋疲力尽。

"的确如此。"蒂娅说，"我一下子就看出来了。我从你的虹膜上看得清清楚楚。这拖垮了你的生活，对吧？"

"没错。我非常苦恼，我害怕自己得绝症……我睡眠很差，还总是缺课……"

"这太糟糕了！你明明有很好的潜质……"

"又是这个词。"杰斐逊心想。这次，他鼓起勇气问道，"你说我有'潜质'……是什么意思？"

蒂娅眯起眼睛看着他，眼神中几乎充满爱意，她的嘴唇抖动得更厉害了，"杰斐逊，你很清楚我的意思。在你的内心深处，你是清楚的，没错吧？"

杰斐逊做了个不置可否的动作，对方立刻补充道："你看吧，我就知道，你很清楚……对了，你的医生是哪一位？"

"我的医生？"

杰斐逊突然意识到，他并没有什么固定的医生。理由很简单：他根本就没病。必须临时再捏造一个谎话，他一下子想到了四年前在维尔伯格城照顾他的那位医生。谢天谢地！

"我的医生是弗雷洛女士。"

"我猜，她是只绵羊？"

"没错。"

"啊，这些绵羊！啊，这些医生！就是他们带来了这么多的痛苦……杰斐逊，你知道吗，我觉得我们能帮你。咳咳，我应该谦虚一点儿——我觉得，维托大师能够帮你。他甚至能改变你的生活。"

"真的吗？"

"真的。他首先会教你怎样去除身体里填塞的秽物，那些肮脏、龌龊的东西全都不能要。'阿尼莫斯'是'风'的意思。风吹过的时候会把脏东西全都带走。不过，我就不跟你絮叨这些了，你会觉得厌烦的。你最好到我们那里住上几天。"

"是体验课吗？那太好了。可我是学生，我恐怕……"

蒂娅朝他伸出一只手，截住了他接下来要说的话，"杰斐逊，我们对金钱不感兴趣。每个成员都可以量力而行，全看你的情况……"

杰斐逊全身都绷紧了。为什么他不能"拔腿就跑"呢？趁她还不知道自己上了钩！这些人会纠缠他多久呢？至于金钱……他又想起了西蒙娜每个月从账户中支出的那笔钱，极力克制着不露出嫌恶的表情。瓦尔特·施密特说得没错：他根本就不擅长撒谎。

"还有，这不叫体验课，而叫沙伊拉，就是'遇见光'的意思。这听起来比体验课好多了，对吧？这周刚好会有一场沙伊拉，欢迎你来。"

这个新情况令杰斐逊措手不及，他结结巴巴地说："这周？呃……我……这……"

"周四开始，而且到时候会有一个非凡的惊喜……啊，我有点儿犹豫要不要告诉你……毕竟还没有百分之百确定下来……"

蒂娅看起来抓心挠肝地想要泄密，或者她是故意装出这副样子。不管怎样，静观其变就足够了。她瞥了德尼丝和贡特朗一眼，他们俩正堂而皇之地听着这边的对话，就像在听广播似的。蒂娅收回目光，压低声音说道："维托大师也会来。"

杰斐逊也压低了声音，"他不总在这边的庇护所吗？"

蒂娅忍住笑，或是假装在忍笑。她总是这副故弄玄虚的样子，让你永远不确定她到底在想什么。

"啊，没错！维托大师不总在莫尔吉弗的庇护所！他周游世界，举办各种国际讲座。他能流利地说八种语言。"

"哇，这太厉害了。我能跟其他朋友一起去吗？"

"你的意思是……你的朋友也有健康问题？"

"是的……呃，其实也不是……比如说，我有个朋友正处于哀伤当中，他的情绪非常低落，他失去了生活的快乐。我还有个朋友，他很不幸地……"

杰斐逊事先完全没想过要说这些，尤其是在没有经过当事人允许的情况下。然而，他已经打开了话匣子，没办法再关上了。蒂娅认真地听完了他说的每个字。

"杰斐逊，你听我说，我建议你先自己来庇护所。如果你愿意的话，今晚就可以过来。这样，你可以先有个印象。如果你觉得满意，那就留下参加沙伊拉，再邀请你的朋友们过来。你觉得怎么样？"

在接下来的几秒钟里，杰斐逊的脑袋里刮起了一阵风暴。他这是给自己找了个什么苦差事啊？他所有的直觉都在告诉他不要去：他恐怕根本不可能把西蒙娜拉回理智的世界，尤其是在蒂娅说她现在"好极了"的情况下；这个蒂娅让他非常不自在；真到了那里，要不了一小时他就会露出马脚，然后被扫地出门，可能就在今晚，说不定是在大半夜；最重要的是……最重要的是，一想到他要独自走进那座"庇护所"，他就害怕得腿软，他必须承认这一点。

这一切直觉本该让他站起身来，大声地说出："蒂娅，不用了，我今晚还是先回家吧。让我仔细想想，改天我再联系你。谢谢你在这么糟糕的天气里过来。"他原本应该跟她握握手，然后她转身离开，他可以放松下来，长出一口气。然而，他没有这样做，而是慢慢地抬起头，小声说了一句："好的。"

蒂娅在一张餐巾纸上给他画了路线图——其实根本没有这个必要，杰斐逊在上次跟踪的时候已经到过那里了。接着，她在口袋里翻来翻去地找钱，但始终没掏出来。于是，杰斐逊为他们俩付了账。他们约定当晚十点之前，由杰斐逊的朋友们把他送到庇护所门口。他只需要在大门上敲三下，蒂娅就会来给他开门。嘱咐完这一切，她跳上之前停在咖啡馆门口的房车，开车离开了。

天已经黑了。杰斐逊在冰雨中一路小跑到"鲍里斯之家"，去找自己的三个后援。他们沉浸在咖啡馆的热烈气氛中，隔得很远就跟他打招呼，快活地鼓掌欢迎他。"好吧，你们尽情快活吧。"杰斐逊心想，"好好享受现在的时光，因为等待咱们的事情可没那么有意思。"

杰斐逊尽可能没有遗漏地转达了他和蒂娅的交谈内容。他什么都没忽略掉：改名"蚱蜢"的西蒙娜现在"好极了"；蒂娅从虹膜里看出了他的健康状况；他的潜质（这个词让吉尔贝笑得停不下来）；金钱不重要；维托大师和他的八种语言……最后，杰斐逊说起了沙伊拉以及蒂娅的邀请。

"没关系，杰斐逊。关于你说我正处于哀伤之中的事情，我完全不介意。"伊尔德先生说，"你没有说谎。至于他们的伪善行为……"

"伪善。"杰斐逊在心里默默记下这个词，毕竟现在不是掏出生词本的好时机。

"我能问问你是怎么编排我的吗？"瓦尔特问道，他正在喝第二杯啤酒。

"呃，这个……请原谅，我也不知道为什么，但我立刻想到了消化系统的问题，肠内运输啊，蠕动啊，等等……"

"哈哈哈哈！太好玩了！我想吃什么就能吃什么，从来没因此生过病。至于你说的'运输'，每天早上我的如厕时间就像瑞士钟表那么准时！"

"那我呢？我是什么毛病？"吉尔贝开玩笑地问道。

"你神经紧张。因为没时间休息，所以总是一惊一乍的。另外，你还有'异手症'。"

"你说什么？"

"不好意思啊，我在网上看到过这个词，当时突然想起来了……"

"所以，到底什么是'异手症'？阿杰，你要吓到我了。"

"呃，就是一种罕见的神经病症，原因可能是左右半脑失去了联络……"

吉尔贝笑不出来了，"那么，这种失联会导致什么问题呢？你能给我举个例子吗？"

"呃，比如说，当你的右手去系衬衫扣子的时候，你的左手却要把扣子解开。"

吉尔贝吃惊地张大了嘴，杰斐逊有些发窘地补充道："或者反过来……"

晚上十点，小货车停在了阿尼莫斯紧闭的大门前，杰斐逊裹紧暖和的外套，手里拿着旅行包，胳膊底下夹着睡袋，跳下脚踏板。夜风吹得他头顶的小刺来回舞动。周围是一片漆黑。

"先等等。"吉尔贝说，"我来给你照个亮。"说着，他打开车前灯，照在大门上。

瓦尔特从侧门下了车，坐在副驾驶座上。他和吉尔贝打算连夜上路回家，到家肯定已经很晚了，不过没关系，起码他们可以睡在暖和的床上。至于伊尔德先生，他选择留在"水边的穆塞特"旅店。他很喜欢这个地方，伊尔德先生对同伴们解释道，在这里简单走走，对他大有裨益。而且，穆塞特已经答应他，如果天气好转，就去湖上教他划船。

按照约定，杰斐逊握起手形的门环，迅速敲了三下，然后开始等待。他听见里面有脚步声传来，接着，大门开了一道缝。他朝小货车的方向竖了一下拇指。车子的引擎一直没关，由于车灯太亮，他既没看到瓦尔特也冲他竖了拇指，也没看到吉尔贝开车离开前冲他抛来的飞吻。

蒂娅拿着手电筒，带着杰斐逊穿过院子。她告诉杰斐逊：能来迎接他，她高兴极了；他来加入他们，她也高兴极了。杰斐逊感谢她等到这么晚，并且询问他能否见到艾可丽达？答案是不能。艾可丽达习惯早睡，但他明天应该能见到她。他们走进建筑，上了两层楼，沿着两边都是石灰墙的走廊往前走。最后，她推开了一扇门。

"好了，你就在这儿睡吧。你运气很不错，这是单间。明天早上七点开早饭。亚夏在一楼。你下楼到院子里，稍微有点儿远，在左手边。"

"'亚夏'是什么？"

"就是我们分享所有饭食的房间。"

就是公共食堂呗……杰斐逊差点儿脱口而出，但他的直觉告诉他最好不要这样做。他还是在记事本里新开一个词汇表吧。

"早饭之前，院子里会进行第一场欧图姆，时间是早上六点四十五分。如果你愿意，也可以加入我们。不过，你不是必须参加的。在这里，大家都是自由的。"

"欧……什么？"

"欧图姆，这是用来下降的，我们到时候会跟你解释。晚安。哦，对了，院子这边的所有房间都可以去，但院子对面的房间是禁止进入的。那边是私人区域，你明白吧？"

她的语气礼貌而坚决，嘴唇却失控地抖动了两秒钟。

"明白了，晚安。"

杰斐逊点亮头灯，走进房间。房间又冷又狭窄，放着一张简易床，还有一个落满灰尘的金属衣柜。他脱掉衣服，穿好睡衣，钻进睡袋。然后，他关掉头灯，蜷成一团，觉得喉咙发紧，好像变回了第一次在寄宿学校过夜的初一学生。他摸出手机，开始打字：

> 嗨，吉尔贝，你们一路顺利吗？我还好。我现在
> 自己在房间里，准备睡了。晚安！

杰斐逊添加了一个打呼噜的熟睡小人的表情符号，然后点了"发送信息"。他这才发现根本发不出去，这里没有网络。既然这样，杰斐逊知道自己只剩下一件事可做了，那就是按照法语字母表的顺序回忆所有国名。于是，他开始了：德国——澳大利亚——比利时——玻利维亚——喀麦隆——加拿大——贝宁——丹麦——如果他运气够好，应该能在想到"瑞典"之前就睡着①。

---

① 在法语中，这些国名依次是：德国 Allemagne，澳大利亚 Australie，比利时 Belgique，玻利维亚 Bolivie，喀麦隆 Cameroun，加拿大 Canada，贝宁 Dahomey，丹麦 Danemark，瑞典 Suède。

13

杰斐逊应该很快就睡着了。手机铃声把他叫醒的时候，已经是早上六点四十分了。他觉得精神抖擞。他想起自己昨天夜里听到了遥远的铃声，还有从左右相邻的房间以及楼下的房间里传来的欢呼声。或者，他可能是在做梦。天还没亮，但这个房间已经不像昨夜那样凄清了。杰斐逊快速穿好衣服，想在走廊上找个洗漱的地方，可是并没有找到。于是，他下了楼。

他惊讶地发现外面有三十几个穿白衣服的学员，他们正手拉着手围成一圈。杰斐逊站在院子一头，靠着一扇门，没有继续往前走。原本停在院子里的两辆车已经挪走了，以便腾出空间。

院子里的学员都是像他一样的动物：公山羊、母山羊、几只松鼠、一只上了年纪的高个儿刺猬、一只猫、一只狗、两头猪、一匹矮马、一只拄着拐杖的狒子，等等。还有，西蒙娜。她低着头，没有看到杰斐逊。他觉得西蒙娜变瘦了，而且背更驼了。站在她左边的也是一只兔子，就是他们在面包店里偶然遇到的那只。她们俩看起来简直像孪生姐妹。目前，大家都沉默地等待着。有许多动物在清晨的刺骨寒风中瑟瑟发抖。突然，杰斐逊背后靠着的门被从里面拉开了，搞得他差点儿摔了个仰面朝天。蒂娅出现在门里，一副极度兴奋的样子，和大家打招呼："杰斐逊，早安！大家，早安！"

"蒂娅，早安！"三十几个学员齐声回答。

"蒂娅，早安。"杰斐逊有些磕巴地说。这一回，他靠在了一堵墙上——墙面总不会像刚才那扇门一样突然打开吧。

蒂娅站到圆圈中间，把双手高举过头，上半身慢慢地摇来摆去，同时监督所有成员像她一样动起来。大家都开始模仿她的动作。接着，她用力甩手，有点儿像是弄湿了手指又没有毛巾时的样子。大家照做。这个动作持续了很久。每当学员们的精气神儿有所下降，她就开始给大家鼓劲。杰斐逊注意到，蒂娅精力旺盛得像个疯子，可她周围的学员们全都没精打采——尽管大家都在努力打起精神。接下来的动作是来回摇头，就好像一直在精力旺盛地说"不"。高个儿刺猬晃得头晕眼花，险些摔倒，幸好被旁边的矮马一把拉住了。再接下来，他们甩肩、甩胯、甩腿，先是左腿，再是右腿……

"谢谢，我爱你们！""早操"结束的时候，蒂娅大声喊道。

"谢谢，我们爱你！"学员们齐声回答，然后他们一起朝一扇门走去，那扇门上写着"亚夏"。杰斐逊等到最后一个学员——也就是那只高个儿刺猬——进去后，才紧跟着走了进去。

这里放着很多长条桌子，桌上放着碗和勺子，看起来非常像寄宿学校的公共食堂。一张特别简陋的冷餐台上摆着托盘，双耳大筐里放着面包，还有工业制作的罐装果酱、茶包和热水。杰斐逊排队取餐，惊讶地发现西蒙娜还是没注意到他。她坐在了那位兔子朋友旁边，于是杰斐逊也走过去，坐在她们俩对面。

"西蒙娜，你好。你没看到我吗？"

"不是啊，我看到你了，杰斐逊。但刚才是欧图姆时间，我必须集中注意力。对了，现在我叫艾可丽达。"

"啊，好吧，对不起。我知道，但我得适应一下。呃……你还好吗？"

"我好极了。"接着，她低声补充道，"你看，每天早上，当你起床的时候，如果总有人对你说'我爱你'，那么你就会感觉很好。就是这么简单。"

"蒂娅没有对你说'我爱你',"杰斐逊心想,"她说的是'我爱你们',是对所有学员说的。这应该叫什么?'集体性示爱'吗?反正,一句话就完事了。简洁,高效,不费吹灰之力。"

但他说出口的却是,"嗯,我想也是……你在这儿待了很久吗?"

"我只在这座庇护所住了十天。不过,在这之前,我进行了为期一年的'发现之旅'。我想,你也会这样做的。我还参加了很多沙伊拉。对了,这周就有一场沙伊拉。你会去吗?"

"会的。"

"那太好了。这位是鲁迪。"

她身旁的那只兔子腼腆地点了点头。

西蒙娜一小口一小口地吃着自己手里的面包片,表现出一副不想继续对话的样子。杰斐逊惊讶地意识到,她根本没问他怎么会在这儿、他过得好不好。这真的不像他认识的西蒙娜了。他认识的西蒙娜总是那么友好,对别人充满好奇和关心。就在她最近的那封信里,她还表现得敏感、热情、乐于倾诉。从前的那个西蒙娜到底去哪儿了?

鲁迪低着头,专注地吃饭。其他学员要么低声交谈,要么闭口不言。

"今天的'早操'……"杰斐逊试探着开口道，"蒂娅跟我说，是为了……"

"对，为了'下降'。每天有三次欧图姆，早、中、晚各一次。晚上是在晚饭以后。早上的这次是为了……"

她的话只说了一半就停下了。她攥紧勺子，开始轻轻地敲击碗边，发出叮叮叮的响声……所有学员都做了同样的事。大家的目光全都转向刚刚走进房间的那个人类。这是杰斐逊今天第二次大吃一惊——维托大师！没错，正是他本人，他竟然来了。

尽管上了年纪（他应该比照片里老了十五岁），但必须承认，维托大师看起来仍然风度翩翩。他身穿一件南瓜黄色的长袍，银白色的头发和古铜色的皮肤看起来非常健康。他在勺子制造出的嘈杂声中迈步前进。勺子的敲击越来越快，叮叮叮的声音也越来越重，最后几乎震耳欲聋。维托大师笑着伸出两根食指，指了指两边耳朵。房间里重新安静下来。

"大家早！"

"早！"三十个学员齐声回答。

"我不想在吃饭时间打扰大家，"维托大师声音低沉地说，"我只是过来问你们一个小问题。你们肯定都知道是什么问题。"

"哦——"三十个声音迫不及待地喊着，好像这是一个非常有趣的游戏。

但是，杰斐逊非常擅长察觉负面情绪，他已经发觉大家的眼神和态度里隐藏着一种担忧和焦虑。

"那么，"维托大师继续说道，"你们当中有没有谁有话要对大家说呢？或许有谁昨天走错了一步？或许昨天晚上他已经仔细思考过，也自责过了呢？"

他的目光在每个学员脸上扫过，就像一位正在表演的戏剧演员，或者说更像一个专心工作的说教者。房间里静得连针掉在地上也听得见。

"没有哪位愿意承认吗？"

学员们面面相觑，嘴角上还挂着微笑——既然这是个游戏，那就必须做出乐在其中的样子。然而，对于杰斐逊来说，这是个残忍的游戏。他完全不明所以，暗自琢磨这游戏到底是不是针对他的。他的心跳加快了。

"好吧，或许这位学员缺乏内在的力量，以至于不能忏悔到底。既然这样，我们该怎么做呢？"

"我们要帮他！"其中一只松鼠抢先叫道，显然是个"好学生"。其他学员都表示赞同。

于是，维托大师慢慢走近杰斐逊所在的饭桌，抬起两只手，轻轻放在兔子鲁迪两边的肩膀上。鲁迪交叠着胳膊抱在胸前，深深地低着头。

"我们会怨恨这位学员吗？"

"不——会——"其他学员回答道，他们的声调拖得又慢又长，但是非常整齐，显然是习惯成自然的结果。

"我们要原谅她吗？"

"要——！"

"我们是否有权利软弱呢？"

"是——"

"眼泪有没有流出来啊？"

"没——有——"

维托大师又等了片刻，"那现在呢？"

"没——有——"

"还没有吗？"

"流出来啦——"

到了该流泪的时候，眼泪总会流出来的。兔子鲁迪的脸上全是眼泪。泪水沿着她垂着的长耳朵往下流，像小溪似的流过脸颊。杰斐逊看到她的嘴唇在颤抖。他又想起昨天在镇广场的面包店看到的那一幕。原来如此！

维托大师的双手从可怜的鲁迪肩上挪开了。他继续说道："当然，我们也不能忘了感谢另一位学员，他指出了这迈错了的一步，帮助了其他学员。我们要不要感谢他啊？"

"要——！"

这时，杰斐逊注意到西蒙娜的身体轻颤了一下。她跟着其他学员说着"要"，但她的眼神四处乱飘，根本没法儿固定下来。

维托大师离开以后，大家继续低声交谈。鲁迪搛了搛鼻子，擦了擦眼睛，继续吃早饭。杰斐逊试图跟她目光相接。他很愿意朝她露出微笑作为安慰，但她显然只对自己的碗和面包片感兴趣。

"我原本以为维托大师要周四才来。"于是，他对西蒙娜说道，"为了那个……呃，沙伊拉。"

"不是。维托大师一直都在。"

"啊，我还以为他去进行国际讲座了呢。"

"他当然要进行国际讲座。他经常去别处。他会说八种语言。"

"这个维托大师还真够厉害的。"杰斐逊心想，"恐怕没人能同时做到'一直都在'和'经常去别处'吧……"

这顿简单的早饭让他苦涩地怀念起自己的热可可、麦片、蜂蜜面包片，以及妹妹切尔西做的点心。他注意到一个洗手台，就去洗了把脸，然后到院子里去找其他学员。大家都已经脱掉了白衣服，散开在庇护所各处，进行着各自的任务。维托大师不见踪影，但蒂娅一直都在，颐指气使，四处闲逛。她建议杰斐逊随意加入各种活动，觉得哪里有意思就去哪里。

"我们这儿是完全自由的。"她说道，然后开始跟他讲解什么是欧图姆，"你刚才看到的是早上的欧图姆，它的作用是'下降'，就是让你的大脑和身体里经过一夜积累起来的秽物统统'降下去'。你的梦里沉淀了大量不洁之物，这就是引起你的呼吸系统问题的原因之一。你得想办法去除这些。"

"啊，我以为梦是潜意识的表现，它的作用只是让我们……"

"完全不是！梦并不来自你本身，它来自痛苦。你得从中脱离出来，就像这样……"

她举起手，甩来甩去。

"中午还有另一场欧图姆，晚上也有一场，跟早上的不一样。你到时候看看吧。如果你愿意的话，可以从明天加入进来。我跟你说，我越是观察你，你就越让我印象深刻。你看起来不起眼，但你在发光。这太有意思了。"

她缓缓摇头，就好像对自己的话心存疑虑似的。杰斐逊想起了伊尔德先生对于邪教成员招募者的一句评价：他们拥抱你，赞美你，用爱来轰炸你。蒂娅对他进行了第一步吧？他不敢想第二步会是什么样。她之前对西蒙娜又说了什么呢？恐怕还是一样的话。

"哦，对了，"杰斐逊问道，"我能出去吗？我的意思是，我能到庇护所外面散步吗？"

蒂娅大笑起来，"当然可以！你在想什么呢？难道你以为自己在坐牢吗？你只需要在晚上十点以前回来就行了，这样我才能给你开门。敲三下，还记得吧？"

杰斐逊按照她说的做了。他整个上午都在厨房择菜、在路边修剪灌木、在建筑里打扫宿舍……他遇到一只母鸡和一只公鸡，他们跟他一样，也是被邀请来参观的。他们看起来既动心，又有点儿迷迷糊糊的。杰斐逊从这个小组换到那个小组，精神上始终保持警惕，但又很小心地不提太多问题，尤其注意不发表关于任何事物的看法。伊尔德先生先前仔细帮他准备过。

"杰斐逊，你务必小心。邪教会让加入者觉得，他终于找到了真正的家人，他再也不是孤单一人了。如果你对此提出异议，你就会感到自己撞上了一堵墙。由于邪教组织者宣称他掌握着所谓的真理，成员们也自觉高人一等，享有特权。所以，你千万别指望着能在几分钟之内说服西蒙娜，那是注定要失败的。你明白了吗？"

杰斐逊简直太明白了。虽然他还远远没有"见识"到所有的情况，但他已经预感到自己必须咬紧牙关才能避免当场爆发。否则，他恐怕要抓住西蒙娜的肩膀，一边拼命摇晃她，一边大喊："西蒙娜，他们在骗你的钱！他们说谎！他们在耍你！见鬼！西蒙娜……你清醒一点儿！"

四名学员上了房车，准备去莫尔吉弗或者周边干活儿。其中一名学员是一只名叫拉乌尔的猫，他甚至是"鲍里斯之家"咖啡馆的服务员！他是怎么调和自己对这两个世界的看法的？其他学员做的都是些日常琐事，你根本猜不出他们脑袋里究竟在想些什么。杰斐逊只跟他们聊了些家长里短，但他已经听到了不少"神奇的"事情。比如说，各种病毒到了距离庇护所四公里半远的地方就会自动消失，蒂娅可以一个月不吃饭，维托大师上周刚刚跟美国总统共进午餐，等等，等等。至于上述的那三件事，杰斐逊也只能用轻轻吹三声赞叹的口哨来回应。

这里的所有学员——当然，维托大师和蒂娅不算在内——都有一个共同点：他们的健康状况很差。杰斐逊发现大家全都面黄肌瘦，两腮凹陷，皮肤苍白，双腿瘦弱无力。学员们步履蹒跚，搔抓皮肤，咳嗽，打哈欠，捂着肚子，摩擦胳膊、后背。看起来全都是一副稍微动一下，就会筋疲力尽的样子。

西蒙娜来去匆匆，杰斐逊好不容易才跟她聊了几分钟。他来到宿舍区，西蒙娜正在给实习学员准备床铺。

"艾可丽达，"杰斐逊跟她搭话，"你觉得来这儿会对我有好处吗？"

"当然。多亏维托大师，大多数来这儿的学员都恢复了健康，我也一样。喂，你能帮我抖一下被子吗？"

杰斐逊走过去帮了忙，又回到原地。他更换了话题，因为西蒙娜似乎对上一个话题毫无兴趣。

"我看到你还留着那辆没牌照的车，对吧？"

真是个蠢问题！只见西蒙娜眼神严厉地盯着他，就好像在说："你怎么知道我有一辆车？"但她做出一副无所谓的神情回答道："没有。我把车送给阿尼莫斯了。我已经不需要了。现在谁去镇上都可以开它。"

"它之前是不是有点儿撞坏了？"

"对。很快就会修好的，不用担心。"

"啊，那就好。"

他们沉默地继续铺床，杰斐逊找了个机会溜掉了。伊尔德先生说得没错，前路漫漫。

中午的欧图姆跟早上的一模一样，唯一的不同是那只高个儿刺猬这回彻底摔倒了。他不得不仰躺在一张靠墙的长凳上。有人给他盖了一条薄被。蒂娅把"午操"练习的最后结尾专门"献给"了他。

"好，现在，抬腿！斯科尼，这是为你做的！听着，你的背部和双腿已经装满了'恶物'，这些'恶物'不愿意'下降'，就是它们让你摔倒的！"

"没——错——！"全体学员集体表示赞同，同时疯狂地抖腿。

为了感谢大家，高个儿刺猬斯科尼从被子底下伸出一只胳膊，虚弱无力地晃了几下。杰斐逊感到自己的胸口都快要气炸了。

吃午饭的时候，他又跟那只母鸡和那只公鸡坐了同桌。他们俩向杰斐逊一一细数了各自的难受之处，从头顶一直说到脚底，还说这些病痛让他们把所有希望都押在了阿尼莫斯。杰斐逊飞速吃完自己盘子里的番茄酱拌米饭，连句"不好意思"也没说，就把他俩晾在了那里。

昨天的糟糕天气已经过去了，杰斐逊独自在路上走着，每隔几百米就停下来找网络。他走了大约二十分钟才总算如愿。他看到伊尔德先生发来的短信，问他一切是否顺利，并告诉他"万一情况有变"，自己即刻就能过来。杰斐逊感谢了伊尔德先生，然后打给了吉尔贝。

"哟，阿杰！是你呀！我正要问你……"

"这里没网。我在路上呢。"

"哦，快跟我讲讲……"

杰斐逊坐在一块石头上，讲了起来：两次欧图姆，刺猬斯科尼，兔子鲁迪在早饭时遭受的欺侮……

"你确定是西蒙娜告的密？"

"基本确定。你没看到她脸上的表情，满满的负罪感！"

"天哪，真吓人……"

"是啊，这让我心里特别难受。你那边有什么消息？"

"没什么特别的。我今早恢复干活儿了。我跟瓦尔特一路都挺好，那家伙真酷。他跟他老婆没有孩子，不过，你应该听说过他的侄女玛丽－克洛德。那可是他的宝贝。"

"你是说'伤痕'？"

"对。瓦尔特一提起她就骄傲得不得了，其实他对摇滚一窍不通。'嗨，不管怎么说，她好歹没成为连环杀手。'他就是这么为他侄女骄傲的！对了，他还帮我加满了油。"

"不错。还有吗？"

"还有，我跟他周四早上过去，参加你们那个什么夏八达。"

"是沙伊拉。"

"哦，好吧。对了，我在练呢，你别担心……"

"练什么？"

"'异手症'呀！这件事实在太搞笑了。超级有喜剧效果。比方说，你想用右手擤鼻涕，哎，你刚往外喷气，你的左手就把手帕拿走了。干活儿的时候我尽量不玩这个，要不活儿就干不完了，我跟你说！好了，我会跟瓦尔特一起去的，但马尔库斯不去。他要在'后方'留守，也就是一直待在'水边的穆塞特'旅店里。他说，万一我们要把西蒙娜藏在什么地方，可以放心地选那家旅店，因为穆塞特憎恶阿尼莫斯。照她的说法，那地方全都是疯子……"

"她'憎恶'阿尼莫斯！哇，你跟伊尔德先生待久了，所以也掌握了他的词汇表？"

"你说什么呢？是'憎恶'用得不对吗？"

"对！对！非常对！用得好！"

"哦，对了，阿杰，马尔库斯在网上查了那个维托大师，你知道吗？"

"喂？吉尔贝……喂？……"

通话断线了，或许是网络太差，或许是吉尔贝的"异手症"发作，把电话挂断了。杰斐逊原本想再打回去，问问伊尔德先生都查到了什么，但是考虑到他们俩差不多把最主要的事情都说完了，所以他也并不着急打电话了。杰斐逊转身返回庇护所。他还得在这里再过两宿，才能跟朋友们重聚。这段时间……既短，又长。

14

净化双脚……杰斐逊表示他想去看看。如果他对这儿的规矩理解得没错，那么，所谓的"净化"应该包括摇晃、扭转、动来动去、手舞足蹈……目的是要让精神和身体里的秽物"下降"。但是，"降"到哪儿呢？估计是降到"双脚"吧。很好。然后呢？

因为没法儿站着，高个儿刺猬斯科尼被免去了所有工作。尽管可以跟他交谈，但时间仍然好像过得很慢。杰斐逊等了很久才等到晚上的欧图姆。仪式在公共大厅里进行，这里阴森、凄凉，配置的沙发样式古怪，看起来和周遭很不协调。斯科尼侧躺在其中一个沙发上，脑袋底下枕着枕头，杰斐逊坐在旁边的沙发扶手上。他觉得斯科尼很消瘦，神情甚至有些惊慌。

"斯科尼，你不舒服吗？"

"我很好，谢谢你。只不过有那么几天，我的坐骨神经痛会让我很难受。"

斯科尼的声音非常小，就好像他害怕大声说话会再次激起疼痛感。

"原来如此。那你应该在接受治疗吧？"

"是的。啊，其实，没有。我以前治过，但两个月以前就停了。蒂娅和维托大师让我明白，治疗对我有害，我相信他们。都是我的错。一切疼痛都来自那些脏东西，可我没法儿让它们下降。我清楚地感觉到它们粘得到处都是，在我脑袋里，在我背上，哪怕是欧图姆也没用。不过，我一定能做到的。要是我确实没法儿让它们'下降'，蒂娅说，他们可以考虑用解剖刀给我进行放血疗法。"

"解剖刀？！放血疗法？！"

"对，用解剖刀。如果需要的话，还可以在刀口上拔火罐，把那些恶灵都拔除……"

"在刀口上……拔火罐？！你确定……"

杰斐逊差点儿从沙发扶手上摔下去。他们这是在重现法国喜剧作家莫里哀笔下那些装腔作势的医生吗？！

"是的，我确定。蒂娅向我保证，放血疗法起效非常迅速，而且没有任何风险。"

"好吧，好吧。但是去咨询一下真正的医生，或许对你更有好处，你可以手术……"

斯科尼挥了挥空闲的那只手，好像要把这个让人不高兴的主意赶走似的，"啊，那不行，绝对不行！他们都是庸医，到处招摇撞骗。他们以次充好，总要把我们禁锢在他们那些毫无价值的东西里头。再说，他们也不能进庇护所。"

"既然这样，或许我应该通知……你有妻子吗？孩子呢？如果你愿意的话，我可以告诉他们……你只要……"

"不，不用。外面那些家伙全都是同谋。他们整天秘密策划，让我们不得安宁。你知道我要怎么做吗？我要好好休息，等待沙伊拉。然后，一切都会好起来的。维托大师会实现奇迹，他会带领我们大家进入他的力量、他的光辉。"

"啊……维托大师会实现奇迹？"

"没错，但我不能跟你多说了。你会亲眼看到的。"

杰斐逊强烈怀疑所谓的"奇迹"，但他没作声。斯科尼根本不可理喻。但愿西蒙娜还没到他这种地步吧。

没过多久，蒂娅过来问他，他的朋友们是否会按照原定计

划前来参加沙伊拉。杰斐逊回答说，吉尔贝和瓦尔特会来。蒂娅
又问他们是什么品种的动物，杰斐逊说吉尔贝是猪，瓦尔特是野
猪。他似乎看到蒂娅的嘴角和眼睛里泄露出一丝嘲讽，甚至一种
轻蔑的鄙视。这个女人竟然能在转眼之间从和蔼可亲变得面目可
憎，杰斐逊对此深感惊讶。

"他们俩哪个处在哀伤之中呢？"她问道。

"哪个都不是。瓦尔特有严重的消化问题，吉尔贝是神经方
面的问题。我跟你说过的。"

"啊，对了，那个有名的……'左手反对右手'？"

"嗯，是'异手症'。"

"很好。你跟他们说过实习学员的学费了吗？"

"没有。我不知道学费是多少。"

蒂娅只用了四分之一秒的时间就从口袋里掏出一张传单，递
给杰斐逊。"哇哦，"杰斐逊心想，"她掏出这东西的速度可比在
咖啡馆里掏钱包快多了。"

"你告诉他们，我更喜欢现金结算。至于你嘛，你可以过后
再付钱，这事不着急。"她补充道。

好吧。他原本还以为自己是"被邀请来的"呢。显然，对于
蒂娅来说，一分钱也不能少。杰斐逊看传单上写着：

3月4日，周四；5日，周五；6日，周六

阿尼莫斯庇护所（莫尔吉弗）敞开大门，

与各位共同研修春季沙伊拉。

分享现下意识，开启精神能量渠道

至高喜悦的欧图姆

萨满大师兼疗愈专家维托大师亲临现场

学费：八十库隆

（学生及无业者六十库隆）

八十库隆！学生打折价还要六十库隆！这相当于他一周的助学金！"西蒙娜，哦，西蒙娜，你要让我大出血了！"杰斐逊暗暗叹了口气。

反正，公共食堂里配给的食物绝对不值这个价。

杰斐逊觉得自己的胃渐渐抽紧了。还有两天。说不定他要饿得吃草了！伊尔德先生说得没错：缺乏充足的食物补给。杰斐逊想起了兔子鲁迪拿的那袋酥皮面包，不自觉淌出的口水立刻打湿了他的下巴。

他又问蒂娅，半夜三更的那些吵闹声是怎么回事。蒂娅回答说，那是夜间的欧图姆，在凌晨三点进行，但不是必须参加。大家自愿参与，都是为了自己好。地点就在床边，不用下楼到院子里去。再说一遍，全凭自愿。

伊尔德先生又说对了一件事：睡眠剥夺。

傍晚的欧图姆是一套新的动作组合。学员们都光着脚，站在椅子旁边，面前放着装满水的锌制大盆。啊，没错，这就是有名的夏瓦拉！一阵风吹来，吹动了白色的衣服，吹乱了大家的头发。

蒂娅出现了。她一路跑到圆圈中间，"手抬起来！孩子们！手抬起来！"

学员们举起了手。

"亲爱的，现在，摆头！用力点儿！再快点儿！要用心！要投入！"

杰斐逊虽然不是医生，但也不禁怀疑这么暴力地甩头会对颈椎造成损伤。他注意到那位狍子女士没有拐杖就无法站立；那只公鸡倒是非常努力，他的翅尖不停地拍打到自己的脸，看起来就像在发疯；至于刺猬斯科尼，他今晚没有出现。

"很好，亲爱的！你们太棒了！"所有动作结束后，蒂娅大声夸奖着学员们，"现在，继续下一步！快！"

所有学员都坐在了椅子上，将大盆拉到自己面前。扑通——啪嚓！赤裸的双脚放进了盆里。就在这时，响起了低沉的敲锣声，听起来像是一颗缓慢跳动的心脏：梆……梆……梆……

蒂娅刚才离开了片刻。现在，她带着一个大帆布袋，回到圆圈中间。只见她用长柄汤勺从袋子里舀出一勺橙色粉末，倒进了母山羊的夏瓦拉里。接着，她又给猪、松鼠、狍子……分别倒了粉末，直到最后一个学员。渐渐地，盆里的水变得黏稠，甚至开始结块了。

"这是维托大师从美国火箭发射基地卡纳维拉尔角带回来的恒星粉末！"蒂娅用笃定而赞叹的语气大声说道，"它们来自一颗星星！科学家都还没有记录那颗星星呢！"

杰斐逊被这场面弄得目瞪口呆，以至于都没有注意到那对母鸡和公鸡来到了自己身后。

"没错！卡纳维拉尔角！"公鸡非常肯定地说道，"维托大师去过那儿很多次……"

"我看更像是杏子酱。"杰斐逊评论道，然而，他的打趣只换来一阵冰冷的沉默。

接着，伴着蒂娅的手势，除了那位狍子女士，所有学员都站了起来。他们开始用不变的音调齐声朗诵一个让人心烦的冗长句子。

那听起来就像是慢速倒放的录音："布——噢——啊——卡——乌——斯——帝——啊——哦——啊——吁——索——"

"我们应该把这句话记下来。"母鸡说，"不过，听起来好像也不难……这是祈祷词，用的是已经消失的语言。"

"没错，亲爱的。多神秘啊，是吧？"公鸡跟着说，"而且好像很有效。只是听他们这样念，我的膝盖就已经不那么疼了。"

祈祷词？一大串奇怪发音倒是真的。简直莫名其妙。更莫名其妙的是，学员们现在一边念诵，一边用力跺脚。他们的双脚踩在黏糊糊的面团里，粘得到处都是，大盆周围也一团脏乱。

"布——欧——啊——普利契！卡——欧——斯——帝——普拉西！欧——啊——普鲁契！"

杰斐逊想象着瓦尔特和吉尔贝做这些事的样子，忍不住笑出声来。

"面糊吸收我们的秽物。"母鸡大声对他说道，"这有什么好笑的……"

"啊，不好意思。"杰斐逊道歉道。

现在，他已经完全笑不出来了。他注意到西蒙娜和鲁迪紧挨着，她们俩看起来就像着魔了似的，埋在夏瓦拉里的双脚已经变成了橙色。她们目光迷离，嘴巴不停地开合，念着那些疯狂的句子。这情景实在让人害怕。

当天深夜，夜间的欧图姆彻底把杰斐逊吵醒了。旁边和楼下的房间里传来了口哨声、吼叫声、跺脚声。吵闹的声音过去后，杰斐逊已经睡不着了，他的胃又因为过度饥饿而叫嚣起来。晚饭只有一碗清可见底的汤，以及一些看起来像草籽一样的东西。因为食物实在太少，所以每个学员又得到了两小块廉价巧克力作为甜点。杰斐逊回想着自己和吉尔贝在维苏威比萨店点的餐，默默地进行着比较。为了入睡，他开始默背新的"催眠"清单：蛋黄酱芦笋、肉丸配鹰嘴豆加希腊酸奶、蘑菇可丽饼……

他一直默念到"酿西葫芦"，还是没能睡着。杰斐逊感觉自己受够了。他爬起来，穿上一件套头毛衣（别忘了，他的支气管很脆弱！），离开了房间。此刻，他所在的楼层已经恢复了安静，楼下也静悄悄的。杰斐逊沿着走廊往前走，看到走廊尽头的洗手间门下面透出一线光——不知道谁在里面。他漫无目的地下了楼，到处走走看看，发现了另一个洗手间。

就在他准备重新上楼的时候，杰斐逊听到院子里传来汽车引擎声。他爬上高高的铸铁暖气片，扒着窗户往外看。没错，一辆汽车匀速开了进来，没开车灯。它停在院子里那两辆车旁边，从车上下来一个人类和一头年轻公牛。他们各自小心地关上车门，没发出任何大的响动。那个人类走向大门，一路都注意不弄出动静；那头公牛则从后备厢里拿出一个很大的东西，那东西用被单裹着，看不出是什么。公牛把包袱甩在肩上扛着。然后，他们一起沿着对面的墙往前走。月亮从云层里显露出来，照亮他们的轮廓。只见那个人类穿着厚运动衫，兜帽边缘露出厚厚的头发。而那头公牛尽管扛着重物，动作仍然很敏捷。很快，他们俩毫不犹豫地进了一扇门，门里亮起了灯光。大约过了一分钟，灯光熄灭了。

杰斐逊从暖气片上跳下来，站在原地迟疑了片刻。接着，虽然不确定自己到底打算怎么办，他还是走到了院子里。夜晚凉爽的空气包裹着他，夜风吹动了他头顶的小刺。他没有直接横穿院子，而是小心翼翼地贴着墙根走。

"我的七十二厘米身高，谢了！"杰斐逊心里暗想，"我或许的确'矮了点儿'，但矮个子有时候行动起来更加方便，所以，随你们说去吧！"

所有学员都跟他住在同一座建筑物里，只是楼层不同，公共食堂和活动大厅也都在这座建筑物里。那么，院子另一边到底有什么呢？蒂娅和维托大师住在哪儿呢？他们的房间是什么样呢？杰斐逊站在刚才那个人类消失的门前。他的谨慎和理智告诉他，应

该等另外两个伙伴来了以后再去调查；但是，如果可以用有趣或刺激的新发现来"欢迎"他们……这个念头让杰斐逊心里痒痒起来。

那两个来访者并没有锁门。杰斐逊推开门，溜了进去。灯突然亮了，吓了他一大跳——声控灯！他没有转身折返，而是迅速跑到楼梯下面，静止不动。他的心脏怦怦直跳。杰斐逊努力调整呼吸，在心里默数了一分钟。周围恢复了黑暗。他往上走了十几级台阶，来到一个楼梯平台，这里有三扇橡木门。灯光从左边的门缝里透出来，随之而来的还有一股强烈的气味。杰斐逊闻到过这种气味。那是在人类世界的维尔伯格城，在富丽酒店里。他永远忘不掉这种肉类和红酒混合在一起的香味。门里传来响亮的笑声，接着是说话声。他努力辨认着那些声音。

蒂娅：毕比，你怎么样？

毕比（那个人类司机）：哈，我连续不停地开了三百公里！维尔伯格离这儿可不近啊！

蒂娅：别担心。你那份美味还热乎着呢。

毕比：多谢，亲爱的希尔薇！我跟你说，我快饿死啦！我简直能把自己的袜子都吃了！

（一阵大笑声）

维托大师：你喜欢勃艮第红酒炖牛肉吗？

毕比：啊哈！你说呢？

维托大师：亨利，我还没问过你的意见。我猜，你不吃肉吧？

亨利（那头年轻的公牛）：呃，对，我不吃……

（一阵大笑声）

毕比：嘿，弗朗索瓦，说到勃艮第……

维托大师：当然！我去开几瓶精妙绝伦的夏布利葡萄酒！咱们一醉方休！

杰斐逊全明白了：这四位正在准备一场午夜聚会。他突然想起自己跟吉尔贝参加夏令营的事，那时候他们还很小。到了半夜，他们发现辅导员老师们会偷偷聚在一起吃吃喝喝，自由自在地大声谈笑。所有的小淘气都睡觉了，没人来打扰他们的娱乐活动。啊哈，看来所谓的精神导师们也在做同样的事情。他们明面上有模有样地讲着什么沙伊拉、夏瓦拉、夏八达，暗地里却大吃大喝，寻欢作乐！伊尔德先生说的那个词叫什么来着？伪善行为？啊，没错，就是这个。他们这就是彻头彻尾的伪善行为！

正在这时，他突然想到，那些"精妙绝伦的夏布利葡萄酒"说不定放在楼下的酒窖里，那个维托大师，或者那个弗朗索瓦，说不定马上就要开门冲下楼去了。不过，该听的他都听到了。杰斐逊转过身，用最快的速度离开了这里。

15

早上的欧图姆是由名叫斯妮法的母山羊带领大家进行的。她是资历最老的学员，她选择的名字在希腊语里是"云"的意思，又是某种轻盈的东西，就好像"鲁迪"是"鲁鲁迪"的简称，意思是"花"；而"斯科尼"的意思是"尘埃"。杰斐逊觉得，阿尼莫斯最有魅力的地方就是这些学员们的名字。唉，只可惜除此之外，他再也找不到任何一个积极的地方了。斯妮法向大家解释说，蒂娅请他们原谅她的缺席，她在埋头写论文，准备在一本美国科研杂志上发表"通过双肘净化身体侧面"的相关研究。

"通过双肘！"杰斐逊暗自发笑，"没错！她昨晚抬肘的次数的确太多了点儿！现在，她肯定'埋'在什么地方，但不是'埋头写论文'，而是埋在被子里，脑袋还疼得要命。夏布利葡萄酒，谢了！"

斯妮法身体笨重，摇摇晃晃又热情十足地带领大家做"早操"，一副班级优等生的模样。最后，她甚至还用上了蒂娅的经典结束语："我爱你们！"蒂娅直到吃早饭的时候也没出现，维托大师同样不见踪影。

尽管西蒙娜有意躲避，杰斐逊还是在她身边坐下了。他像伊尔德先生建议的那样，很有分寸地继续试探着搭话。

"哦，对了，吉尔贝很高兴能帮你照看房子。你尽可以相信他。他办事认真，手艺也很不错。"

西蒙娜点点头，一边往面包片上涂抹黄油，一边低声嘟囔道："他其实没必要去了。"

"啊，为什么？"

"因为我已经把那座房子挂牌出售了。"

杰斐逊差点儿被嘴里的茶呛到。要是把房子卖掉，西蒙娜就更难回头了。而且，卖房得来的钱肯定还会流进这些坏人的口袋里。杰斐逊心里很着急，但并没有表示反对，"要是你觉得这样对你最好……"

"没错。这样对我最好。那你呢？你怎么样？"她突然转头看着杰斐逊，露出一个大大的微笑，看起来非常想继续交谈下去。这个问题让他很惊讶。毕竟，到目前为止，西蒙娜没在意过他哪怕一秒钟。

"呃，我嘛……"杰斐逊答道，"我还在学地理。我刚参加了期中考试，不过我觉得自己答得不怎么样……这么说吧，我居然把斯洛文尼亚和斯洛伐克搞混了……"

"那太好了！"西蒙娜一脸赞叹地说道。杰斐逊立刻明白，她根本没听自己说话。哪怕他刚才说自己生了疥疮又得了瘟疫，她恐怕也只会回答一句"那太好了！"

"西蒙娜，哦，西蒙娜……"他在心里哀叹，"你在哪儿？真正的你到底藏在什么地方？他们到底对你做了什么啊？！"杰斐逊极力控制着自己，因为他答应过伙伴们，绝不会擅自行动。他在这里只是个观察者。等到时机成熟，"战斗"才会真正开始。

既然蒂娅说他可以自由行动，杰斐逊决定离开庇护所。他一直走到了省道上，然后站在路边竖起拇指，想搭个便车。两辆车停了下来。两位司机都是狐狸农民。第一只狐狸问他有没有看那场比赛，第二只狐狸用奇怪的口音问他从哪儿来。杰斐逊在通往"水边的穆塞特"旅店的路口下了车。早晨的阳光透过榛子树的枝叶洒下来，鸟儿叽叽喳喳地歌唱着即将到来的美好的一天。杰斐逊快乐地走着，一想到能给伊尔德先生一个惊喜，他就笑了起来。但他没想到，自己才是收获惊喜的那一个。

穆塞特和伊尔德先生肩并肩坐在面对湖水的长凳上。伊尔德先生两腿交叠，左胳膊肘支在长凳靠背上，左手距离穆塞特的肩膀只有咫尺。杰斐逊听见他们在笑，于是，他轻轻咳嗽了两声，暗示有人来了。他们俩闻声都转过身来。伊尔德先生把胳膊收了回去。

"哦，亲爱的杰斐逊！见到你真高兴！你是怎么过来的？快过来跟我们一起坐！"

"啊，不了，我不想打扰你们。我只是路过……"

穆塞特已经跳了起来，"您没打扰我们。我正要去莫尔吉弗买东西呢。我得买……呃，我什么都得买。你们两位男士慢慢聊吧。"

于是，杰斐逊走过去，坐在穆塞特刚才坐过的地方。位置上还带着穆塞特的体温。不过，伊尔德先生没有再把胳膊肘放到靠背上来。

"好吧，"他对杰斐逊说道，"讲讲你的经历吧。我很想多了解一下这个阿尼莫斯。"

要讲的实在太多了。杰斐逊首先指出，他觉得阿尼莫斯的学员全都很虚弱，有时候甚至有点儿反应迟钝。而且跟他们在一起的时候，他觉得很难受。

接着，他又说起最让他动容和震惊的那些事情：集体羞辱兔子鲁迪，遭受痛苦的刺猬斯科尼得不到照顾，半夜三更的寻欢作乐，西蒙娜打算卖掉房子。最后，他说起西蒙娜的冷淡和疏离——他们以前认识的西蒙娜明明是热情友好的。最后这件事并没有让伊尔德先生觉得吃惊，他甚至对杰斐逊说，这种表现有积极的一面：如果西蒙娜回避交谈，如果她不愿意诉说心声，那或许是因为她自己也不确定；她很担心别人反对她的决定，这说明她可能本来就没有下定决心。

天气很好，湖畔很宁静，微风吹起了细浪。然而，杰斐逊没心情享受这种田园牧歌般的景色。

"我该怎么跟她说？该怎么告诉她，她走错了路？她肯定什么也不想听……"

伊尔德先生叹了口气，"你说得对。她肯定什么也听不进去。除非……"

"除非什么？"

"我在想……他们跟你说，维托大师要完成一个奇迹，对吗？"

"没错，都写在日程表里了。"

"所以，这个奇迹肯定是伪造的。"

"肯定是。伊尔德先生，你相信奇迹吗？"

"叫我'马尔库斯'就行了。"

"马尔库斯，你相信奇迹吗？"

"不信。你呢？"

"我也不信。说到'相信'，我宁可投吉尔贝一票。"

"啊，是吗？吉尔贝怎么说？"

"要是有人问他'相信'什么，他准会说：'我相信友谊。我相信要拧十二号螺丝，就必须用十二号螺丝刀头。'"

"说得太好了，那小伙子总能语出惊人！我在想，如果要动摇西蒙娜的'信仰'，就必须当着她的面，揭穿维托大师的虚假'奇迹'。你知道这个招摇撞骗的'大师'打算献上什么'奇迹'吗？"

"我完全不知道。我会睁大眼睛留意的。如果我能揭穿……呃，我也不太知道自己能做什么。事实上，维托大师说什么，那些学员就信什么。你真该去看看他们有多顺从，又有多疯狂。如果我只是指着他说，这是个骗子，这都是骗局，他们准会觉得我亵渎了维托大师，然后联合起来把我从庇护所里扔出去。"

"杰斐逊，先等等，你忘了吗？明天早上有两个帮手要来，他们可不会轻易上当。你不会孤军作战的。好了，我们一起沿着湖边走走吧。我来指给你看艾丝黛尔和我游泳的地方。那可是……很久以前的事了。"

他们走上了湖边小路，就像两个身份平等的老朋友。杰斐逊为自己能获得这样的荣幸而倍感骄傲。

"哦，对了，"伊尔德先生继续说道，"我昨天在网上搜索了那个维托大师。找到跟他有关的信息不太容易，他肯定把自己那些不太光彩的过去都抹掉了。不过，我向来是个老顽固。现在，我对他的了解又增加了。他的真名是弗朗索瓦·亚比贝尔。哈哈，按照你们年轻人的说法，这听起来可没有'维托大师'那么'带感'！"

"亚比贝尔……我没听他们说起过，但'弗朗索瓦'这个名字我听过。"杰斐逊插嘴说，"我隔着门听到的。至于'女神'蒂娅，她的真名叫希尔薇。听起来也没有那么带感……"

"这个弗朗索瓦·亚比贝尔，"伊尔德先生继续说道，"他很有野心，一心想当人上人。二十岁那年，他发布了一首单曲，梦想成为明星。唉，只可惜他忘了，唱歌需要天赋。他甚至还出过一张 CD 唱片，其中最有名的歌叫《快乐足足》。你有空可以去

听听他的大作，准能让你'大开眼界'！二十五岁那年，他尝试进军世界一级方程式赛车锦标赛。同样的原因，同样的失败。三十岁，他在金融市场四处横行。这倒也合理，金融业不太需要天赋，只需要诡计和胆量。这两样他倒是齐全，只不过少了点儿运气。最后，他进了监狱。接下来，我就找不到跟他有关的消息了。五十岁左右，他又出现了，改个名字，摇身一变成了'维托大师'，创立了阿尼莫斯。后面的事情，想必你比我更清楚。我可以向你保证，他绝对是个人物！我从没见过他本人，但我已经能清楚地想象出他的样子了，尤其是在他的崇拜者面前招摇，像只孔雀一样乱开屏。但我没查到任何有关希尔薇的信息。我想，她在这方面应该很狡猾。不过，她看起来躲在幕后，实则是火中取栗。"

他们沿着湖边的小路走了很远，然后转身往回走。来到旅店附近时，他们远远地看见穆塞特的皮卡停在了院子里，两个身影正从车上下来。

"她去接雅各布了。他是一头驴子，每天中午过来，在大厅里帮忙。"伊尔德先生解释道。

"他干活儿怎么样？"杰斐逊问道。

"很好。或许，有点儿慢。"

他们俩沉默了片刻，接着，伊尔德先生重新开口了。他有些犹豫地说："不好意思，杰斐逊……我想问问你……因为你感性和理性兼具……"

"什么？"

"呃，我想问个……微妙的问题。我不想给你造成困扰。"

事实上，反而是他自己看起来十分困扰。伊尔德先生把玩着一根小树枝，罕见地表现出难以启齿的样子。

"马尔库斯，没关系的。如果我没法儿回答，那我就不回答。所以，请你尽管问吧。"

"是这样，我想知道，如果有一位先生……他已经上了些年纪，他的妻子已经去世了……呃，让我想想……两年了。两年来，这位先生没见过其他人，也从来没想过要续弦……你觉得他这样……"

他的话被皮卡的喇叭声打断了。只见穆塞特高举双手，用力地挥舞着，显然非常高兴见到他们。他们俩也用同样的动作回应她。彼此打完招呼以后，伊尔德先生不知道该怎么继续说下去了，杰斐逊接过话头，对他说道："马尔库斯，我想我明白你要问我什么了，不过在这方面，我恐怕缺乏经验，没法儿回答你的问题。我只有一次……呃……一次恋爱经历，而且……"

"你说的是卡罗尔吧？我记得她是埃德加的侄女，当时，在我们那场小小的聚会结束以后，你们俩一起离开了，对吧？你们俩在一起很不错，大家都觉得，那会是个美好故事的开始……"

"没错，大家都觉得，尤其是我自己。"杰斐逊叹了口气，"只不过，一切并不像我想象的那样。"

"你的意思是……那位年轻姑娘对你的感情并不是……"

"没错，她对我没感情。哦，这么说也不对。她对我的感情是友情，仅仅是友情而已。她对我说，她很喜欢我……只不过是作为朋友的喜欢，而且她已经有喜欢的对象了。所以，我一点儿机会都没有了。但我完全不怨恨她，我们现在关系很好，我还会去'发现真我'理发店，每次都是她给我修理小刺。"

"哦，真抱歉，我的问题唤起了你的痛苦回忆。我希望你也不要怨恨我。"

"完全没有。我甚至觉得，时间过得越久，这份回忆就变得越柔软了。"

这时候，他们已经快要走到旅店门口了。穆塞特走出来迎接他们。

"杰斐逊，谢谢你的信任。"伊尔德先生总结似的说道，"请原谅我刚才的那个问题。"

"没关系。"杰斐逊说，"我觉得，你把它说出来，基本上就已经知道了答案。别想太多。跟着你自己的心走吧。"

杰斐逊顺其自然地说出了这番话，完全没加思考，但他真心觉得，这一次他应对自如、用词得当，这可是非常少见的情况了。

伊尔德先生把这次散步称为"非常愉快的经历"。为了感谢杰斐逊的陪伴，他邀请杰斐逊在旅店共进午餐。穆塞特特地给他们俩预留了一张靠窗的小桌。他们刚一坐定，大厅里就坐满了客人。这里很像工人聚集的餐馆：气氛热闹，大家心情愉快，不停地抛出各种笑话。最重要的是，店里自制的食物非常好吃。驴子雅各布用最快的速度服务大家。所谓"最快的速度"，就是每小时挪动五公里，而不是三公里。至于穆塞特，她在厨房和大厅之间来回奔忙，还不忘跟客人们打招呼。看起来，她几乎认识所有客人。

"马尔库斯，我跟你说，"杰斐逊咽下一大勺牛肝菌意式烩饭，"要是你想知道亚夏里的集体餐是什么样，那也很容易……"

"'亚夏'是什么？"

"哦，就是庇护所的公共食堂。要是你想知道我们在那儿吃什么，你只要想象这里的反面就行了：很悲惨，很虚伪，很……

不好吃！"

说到这里，他发现自己很害怕回到那个充满负能量的地方去。一想到又要睡在那个斯巴达式的小房间里，杰斐逊就觉得喉咙发紧。

伊尔德先生去午后小憩的时候，杰斐逊回到那张湖边长凳上坐下，面对着湖水，给吉尔贝打了个电话。对方立刻接了起来："哟，我亲爱的小刺猬！你在哪儿呢？"

"我在'水边的穆塞特'。我刚跟马尔库斯吃了午饭。你呢？"

"我在'路上的小蒂娜'。我正跟我自己吃午饭呢！我马马虎虎吞了个三明治。我得把之前在莫尔吉弗耽搁的工作赶回来。"

"啊，那你明天还到庇护所来吗？"

"那还用说，当然去！瓦尔特也去。他跟我说，他已经迫不及待地想把脚丫子放进那个什么夏八达里去啦！我们预计……"

通话突然中断了。不过，过了不到一分钟，杰斐逊的手机又响了起来。

"喂？吉尔贝，刚才出什么事啦？"

"不好意思！我的左手把电话挂了，还把手机放回了口袋里！我觉得这个什么症让我神经兮兮的。一开始，我只把它当个游戏，现在可好，我有点儿控制不了了！今天早上，我干活儿的时候，刚把箍圈放在管子上……"

"唉，"杰斐逊心想，"我真不该给他编造什么'异手症'，这主意简直糟透了……"

穆塞特借给他一辆自行车，杰斐逊一路骑到了莫尔吉弗。他花了一个下午的时间漫无目的地闲逛：空无一人的体育场，沉睡中的村镇，中心广场……他甚至犹豫着要不要去"德尼丝与贡特朗之家"或者"鲍里斯之家"坐一会儿。但他很快意识到，没有朋友的陪伴，这一切都毫无乐趣。杰斐逊沿着小街往前走，登上一座城堡的遗迹，又从上面下来，回到穆塞特的旅店。这全都是为了拖时间，争取能晚一点儿回到阿尼莫斯去。

穆塞特仿佛有情绪感知天线般觉察了他的不情愿。

"马尔库斯跟我说起过你，也说了你到这里来的原因。杰斐逊，我很欣赏你的勇敢。如果你今晚不想回到那群疯子中间去，如果你想在我的旅店里过夜，我非常理解。现在是淡季，我这儿还有很多空房。我邀请你留下。"

看起来，她是真心实意地发出邀请。杰斐逊感激得简直想拥抱她。

晚上，杰斐逊蜷缩在柔软的床上，拿出生词本，记下了"火中取栗"。

16

阿尼莫斯的"遇见光"研修会——也就是沙伊拉在上午十点正式开始，研修地点是公共食堂——也就是亚夏旁边的大厅里，由蒂娅——也就是希尔薇亲自负责。

蒂娅坐在用黄水仙装饰的桌子旁边，挨个儿登记来访者。她的赭石色长袍、寸头和绿眼睛都让人印象深刻。她把一张张面值五十或者一百库隆的钞票塞进一个金属糖盒子里，每一张钞票都让她的上嘴唇抖动一下。第一个被收研修费用的就是杰斐逊，六十库隆，相当于他在大学食堂的三十顿饭钱。他这个月的助学金还没发，他很希望稍后再交，但蒂娅显然已经忘了自己先前说过的话。总而言之，她往盒子里塞钱的时候，动作敏捷极了。

大约十五个新学员进行了注册，包括一对狐狸夫妇，一只老鼠，带着丈夫过来的母马，一只拉布拉多犬，一只母鸡，一只海狸鼠……所有来访者看起来都相当惶恐不安。杰斐逊站在离大门不远的地方，看着新学员来来去去，准备迎接吉尔贝和瓦尔特。可是，直到十点半，他们俩还没到。

蒂娅让所有新来的实习学员在院子里站成一圈。大家都找好位置以后，公共大厅的门打开了，老学员们身穿白袍，安静地走了出来。必须承认，他们看起来很有派头，甚至有种庄严的意味。他们面带骄傲的神情，娴熟地插到实习学员中间各自站好。刺猬斯科尼还是无法站立，因此他坐在椅子上。西蒙娜和兔子鲁迪肩并肩站着。杰斐逊不禁暗自思忖：要么是鲁迪还没意识到西蒙娜出卖了她；要么——按杰斐逊的想法，这是更糟糕的情况——她已经知道了，但她觉得出卖她的朋友做得没错。

"各位学员，大家好！"蒂娅容光焕发地大声说道，"我叫蒂娅，是维托大师的助理。你们只有明天能见到大师本人，因为他去日本和南美参加一系列国际会议，现在还没回来。而且，他必须集中精神，调整自己的恒星轴线。众所周知，每当我们到不同的大陆时，我们的恒星轴线都会发生细微的偏移。"

"当我们喝了太多瓶夏布利葡萄酒的时候就更会偏移了。"杰斐逊在心里点评道。至于蒂娅脸上那光彩照人的微笑，他也看出了更深层的原因：那个糖盒子里装了太多钞票，几乎要盖不上了。

"……既然各位身在此处……"蒂娅开始了演讲。她压低声音，慢慢地走来走去，两手张开，掌心朝天，"既然各位身在此处，想必是因为你们身负痛苦。"

很多学员满怀希望地连连点头——总算有人倾听他们、帮助他们了！

"你们身负痛苦，却无能为力，是不是？各位，我要对你们说，此时、此刻、此地，你们将要开启崭新的生活。我向你们保证，美丽的清晨将会来临，风会吹起，天会亮。我是不是说了'风会吹起'？各位，各位……你们知道'阿尼莫斯'是什么意思吗？"

"风……"站在她右边的拉布拉多犬女士小声回答，蒂娅猛地伸出一根手指，以至于把拉布拉多犬女士吓了一大跳。

"啊，没错！就是'风'！风会清扫，风会洗涤，风会带走一切！在这里，在阿尼莫斯，我们要追寻内在的风，我们要让它吹起——这全都要靠我们的维托大师！他将给予各位无与伦比的指导，你们将会体验到他的光明能量与光明之力……"

她就这样连续说了好几分钟，为自己成为大家的焦点而倍感愉悦。杰斐逊站在老鼠和母马中间，一脸沮丧。真是拙劣的表演！真是不着边际的演讲！如果自己在学校里这样做课堂演示报告，教授想都不想就会给他一个不及格。啊，如果瓦尔特在这里，他肯定敢说："嘿，这位女士，能麻烦您'说人话'吗？我啥也没听懂！"只可惜，瓦尔特不在，吉尔贝也不在。这让他有些担心。

"好了，"蒂娅继续说道，"我不想让你们当中的任何一位感到不自在。我们肯定都不想当众讨论自己的健康问题。但是，我还是想碰碰运气……比方说，那位先生，你愿意跟我们讲讲你的痛苦之源吗？"

她转向了海狸鼠。海狸鼠个子矮矮的，神情腼腆，戴着一副厚厚的眼镜。他一脸尴尬，几不可闻地嘟嚷了几个词。

"不好意思，我什么也没听清。"

海狸鼠走到蒂娅跟前，踮起脚，把双手拢成喇叭状，冲着蒂娅的耳朵小声说了些什么。这一次，哪怕是像蒂娅这样厚颜无耻的人，也露出了尴尬的神情。她神经质地笑了笑，转身背对着海狸鼠。

"呃……好吧……呃，那个，我再来问问别的学员……"

好几位学员顿时笑出声来。

"他说了什么？"老鼠问道，"他到底有什么病啊？"

"我不知道。"杰斐逊回答，"照我看，咱们最好永远也不知道。难道你想知道吗？"

"没错！我想知道啊！"

蒂娅被这个突发情况搞得有点儿不知所措，不过，她很快找到了下一位"受害者"：那匹母马。母马很大方地说，她的问题是经常耳鸣。这个毛病已经困扰她很多年了，以至于她现在"有些疯疯癫癫的"。

"很好。"蒂娅用赞赏的语气说，就好像对方刚刚告诉她一个好消息似的，"很好！耳鸣嘛，这跟其他病理学的……"

正在这时，院墙的另一边传来了欢快的嘟嘟声。杰斐逊顿时心花怒放。"终于来了！"他心想，"我终于不用孤军作战了。"

为了方便迟到的实习学员进入，大门一直虚掩着。门缝里出现了两张红光满面的脸，一张脸高一点儿，另一张脸低一点儿。杰斐逊注意到了西蒙娜目瞪口呆的表情。在阿尼莫斯出现一个开心旅行团的同伴已经不太可能了，现在竟然又来了两个——这太可疑了。她充满疑问地看了杰斐逊一眼，杰斐逊假装没有注意到。

再没有谁会比蒂娅更兴奋了，她立刻飞奔过去迎接新来的实习学员。当然，她还有另一个理由：谁也别想不给钱就参加沙伊拉研修！于是，她毫不在乎地撇下其他学员，跑过去收钱。

再回来的时候，蒂娅看起来很恼火，那两个晚到的实习学员则紧跟在她身后。杰斐逊立即猜到刚才发生了什么事。看到两个伙伴快活的表情以及蒂娅恼怒的眼神，他敢拿自己脑袋顶上的小刺打赌，吉尔贝准是用一只手把钱递给她，然后就在蒂娅要拿钱的时候，他又用另一只手把钱拿了回去——异手症！噗哈哈哈！

毕竟这只是研修的第一天早上，蒂娅提议做一次简易版的欧图姆。大家只是把双手举过头顶，再用各种方法不停地摇手。

"你们感觉到了吗？无形的粘连已经消失了，微粒脱离了身体，所有不洁的物质都溶解了，飞散在空气中。感觉到了吗？来吧，大家一起，再来一遍！"

瓦尔特情不自禁地哼起歌来："一起来变小、小、小、小、小木偶……"吉尔贝差点儿忍不住笑出声来。他轻轻碰了一下瓦尔特的肋骨，让对方赶紧别唱了。

简短的"开幕活动"过后，蒂娅建议新来的实习学员到老学员当中去，并表示他们可以自由聊天，直到午餐时间。"这是熟悉阿尼莫斯精神的最佳方法。"她解释道。杰斐逊立刻去找他的两个伙伴。现在到底应该享受重逢的快乐，还是尽快产生危机感？不管怎样，他们首先给了彼此一个大大的拥抱。

"你们来得好晚啊！出什么事了？"

"啊，不好意思，因为蒂娜不想起床。汽化器启动装置出了点儿小毛病，我得换一下。"

"好吧。那我来跟你们讲讲我在这儿的见闻，这恐怕要费好几碟花生米……"

"不用麻烦啦。"吉尔贝打断他，"我们全都知道了！我们跟马尔库斯聊过了，他把你的大发现都告诉我们了。他还建议，咱们最好不要一起冲过去找西蒙娜，这会让她崩溃的。他觉得我应该第一个过去，因为她那封信是写给我的。"

"嗯，这样最好。"瓦尔特表示同意，"按咱们商定的做：慢慢来。"

"别担心。温柔，有分寸，这些我都懂。只要再提醒我一下她现在叫什么就行了。西蒙娜，她的新名字叫……艾格丽帕，是这个吧？"

"是'艾可丽达'。"杰斐逊纠正他，"她的朋友叫鲁迪。"

西蒙娜和鲁迪就坐在离他们不到十米远的石头长凳上。吉尔贝一边走，一边低声重复："艾可丽达，鲁迪，艾可丽达，鲁迪，艾可丽达，鲁迪……"

他更希望能跟西蒙娜单独谈谈，但现在情况紧急，也就不能挑三拣四了。吉尔贝走向她们俩，露出一脸快活的表情，态度相当真挚地打招呼："嗨！你好啊，艾格丽帕！你好啊，鲁皮！"

"算你尽力了吧。"西蒙娜严肃地回答道，接着，她对身边的鲁迪说，"鲁迪，这位是吉尔贝，我之前就是请他帮忙照看我的房子。"

"很高兴见到你。"鲁迪说，"你帮她照看房子了吗？"

"那当然！"

吉尔贝意识到，西蒙娜并没有向他问好。他有些尴尬地戳在原地，过了片刻，鲁迪先站了起来，"你们聊吧，我得去帮忙准备午餐了。"

西蒙娜没有请吉尔贝坐下，吉尔贝只好自己坐下来，同时小心地和她保持一定距离。从近处看，他发现西蒙娜的脸颊都凹陷下去了，她的眼神也很悲伤。她始终低着头。

"西蒙娜，你还好吗？"

"我好极了。你呢？"

"我也很好。我很高兴能帮你照看房子。"

"好吧。你去兑换支票了吗？"

"没有，这件事可以以后再说。你的房子没有什么需要花钱的地方。它很完美。只有梯子和油漆那点儿事，我们都搞定了。"

话刚出口，他就意识到，自己说了句蠢话。

"'你们'？你是指杰斐逊、施密特先生还有你吗？你们三个一起去了我家？"

"啊，不是。只有杰斐逊和我。你别担心。"

"我没担心。"西蒙娜抬头看了一眼另外两个熟悉的伙伴，又立刻低下了头，"你们到这儿来做什么？"

吉尔贝差点儿就把那些编造的病症说出来了，但他立刻想起了伊尔德先生说过的话："不要跟她对着干，但也不要跟她说谎。"这听起来挺容易。他开口说道："我们来……因为你的信让我们很感动，而且……"

第二句蠢话。

"啊，原来如此。你把我的信读给多少人听了？三个？还是四个？或者……二十七个？旅行团的每个成员都听过了吗？我认为那封信是我单独写给你的。"

"西蒙娜，你听我说……"

"艾可丽达。"

第三句蠢话。吉尔贝差点儿直接站起来走开。他实在太没用了。杰斐逊待了整整两天，表现得非常完美。可他呢？他才刚来，就掉进了所有的陷阱。他弯下腰，双手捂住脸，一时间心慌意乱。西蒙娜的双腿就在他旁边，看起来比他的腿长一倍。她穿的白色长袍也跟他身上的灰布裤子有着截然不同的感觉。可是，除此之外，她的一切都让人感觉到悲伤。她的双腿，她的全身上下，她所在的环境……吉尔贝缓缓地站起身来。

"艾可丽达，你听我说……"

杰斐逊和瓦尔特看到吉尔贝先是缩成一团，接着又站了起来。现在，他用力挥舞双手，做出各种表情和手势，向西蒙娜说着什么。他看起来简直像个意大利人——只有他们说话的时候才这么爱比画。西蒙娜听着他说话，但并没看他。她的背深深地弯着。

"他在跟西蒙娜说什么呢？"瓦尔特问道，"他看起来像是在即兴发挥。即兴发挥的吉尔贝，有点儿让人担心啊，是吧？"

"也不一定。"杰斐逊回答，"我很了解他，他能让人大吃一惊。他有点儿爱发疯，而且完全不可预测，不过，他有一个罕见的优点。"

"啊，什么优点？"

"大家都爱他。我们静观其变吧。"

既然蒂娅有过提议，他们决定也去寻找某个老学员。大多数老学员都已经有了"搭档"，只剩下母山羊斯妮法，她正独自在院子里到处溜达。于是，杰斐逊和瓦尔特过去跟她搭话。

"斯妮法，你好！昨天早上的欧图姆很棒！"杰斐逊对她说，"你绝对可以代替蒂娅。"

"谢谢，你也应该一起做。"

"是的，我也应该一起做。听说你是最早到这里来的学员，是真的吗？"

"没错。我十年前就来了，再也没出去过。"

瓦尔特一脸惊叹地吹了声口哨，"十年没出去过！你不觉得腿痒痒吗？"

斯妮法没有回答。

他们并排走着，瓦尔特在一边，双手插兜；斯妮法在另一边，身体笨重，嘴里嘀咕个不停；杰斐逊走在中间。他突然注意到，斯妮法的白袍子不太干净。

"十年。你一定觉得这里很好吧？"

"我们不说'觉得很好'这种话。这是外面的语言。在这里，我们'更充实地存在着'。"

"哦……"

接下来的对话越来越乏味。你在阿尼莫斯吃得好吗？好。净化双脚的方法有效吗？有。你在这里不觉得厌烦吗？不觉得。杰斐逊尝试把话题转向明天的"奇迹"。或许，斯妮法能知道更多内幕？维托大师要带来什么样的"奇迹"？

这个问题得到了惊人的反应：斯妮法猛地站住，很认真地回答道："维托大师从不承诺任何事。通灵者从不做承诺。他们明白实现奇迹需要用到我们原本没有的力量。我们见过维托大师凭借意念悬浮在离地一米高的半空中，我们也见过他因为做不到而致歉。他是一位无与伦比的大师。"

"哦——"杰斐逊点点头。

他觉得身边的瓦尔特已经开始打哈欠了，他很担心瓦尔特接下来就要说："嘿，斯妮法，请问一下，住在这家四星级酒店要花多少钱？我觉得这里破破烂烂的，而且……"

充满活力的钟声打断了他们的交谈。蒂娅正站在公共食堂门口，用力敲钟。斯妮法借此机会，不声不响地溜走了。所有学员和实习学员都匆匆走向亚夏——他们很高兴总算能坐下吃点儿东西，休息片刻。

"这个蒂娅真有精神！"母鸡振奋地说，"真是太有感召力了！她去哪儿咱们就去哪儿，怎么样？"

杰斐逊无声地点了点头，心里却在想："没错，确实如此，她去哪儿我就去哪儿……"

"没问题！"公鸡表示同意，"看我的膝盖！"

他把左腿抬到跟桌子几乎一样高，卷起裤子，连续活动了好几次关节。

"这一定是奇迹！昨天我的关节还像卡住了似的，现在，我觉得自己能去跑马拉松！"

"悠着点儿，亲爱的，"他的妻子让他冷静下来，"悠着点儿。不过，我的确也像他一样乐观。"

杰斐逊走开了，让他们俩沉浸在自己的幻想里吧。他又注意到，那只海狸鼠每走几步路就眯起眼睛。虽然不知道是什么毛病，但杰斐逊很确定，他肯定有什么地方不舒服。

"你能把油醋汁递给我吗？"海狸鼠突然问道，他的表情就像在做鬼脸。

"当然。"吉尔贝回答，他用左手递出油醋汁，又立刻用右手拿了回来。

杰斐逊凑近他，"喂，吉尔贝，你刚才跟西蒙娜说了什么？我向你发誓，你好像把性命都押上了似的。你看起来超有说服力！你跟她说她现在有危险了吗？"

"啊？什么？没有啊！我在一分钟里说了三次蠢话，所以我决定换个话题。我瞎编了一个电路板故障，就在她家，保险丝烧断了之类的。我跟她解释说，这是很危险的。因为保险丝嘛，这很重要，电流要是超负荷了，保险丝就能起到断电的作用。比方说，雷暴天气，到处都在打雷，轰隆隆——轰隆隆——轰隆！一个雷刚好打在房顶上，这时候，保险丝就……"

"好了，吉尔贝，我懂了。另外，别再比比画画了。要是你打碎了杯子，蒂娅可不会轻易放过你。"

17

周四下午对于瓦尔特来说无比漫长。这位可怜的野猪先生显然不属于这个所谓的庇护所。每当他跟吉尔贝开玩笑，其他学员就斜眼看他。他的笑话全都没人搭理，简单的饭食让他义愤填膺，集体活动让他如坐针毡，祈祷词让他毛骨悚然。简而言之，这儿的一切都不适合他。

晚上的欧图姆期间，他没有念诵古老语言的句子，而是用阴森单调的声音低低地唱道："面粉和泥呀，真叫好——普利契！黏糊糊的呀，一大堆——普拉西！脚丫子蹚面糊呀，真叫好——普鲁契！"

尽管极力控制自己，吉尔贝还是忍不住爆笑起来。他们俩都被蒂娅当场驱逐了。她干巴巴地说道："好了，小孩子都去睡觉了。我们现在继续做正经事。"

两个被惩罚的"小孩子"住在一楼宿舍，杰斐逊在欧图姆结束以后去找了他们。瓦尔特在床上蜷成一团，背对着他，一动也不动。吉尔贝凑近杰斐逊悄悄说，他花了好大力气，才阻止瓦尔特当晚就收拾行李跑路。

于是，杰斐逊坐在床边劝说道："瓦尔特，我明白你很恼火，但明天的'奇迹'才是关键。马尔库斯是这么说的，没错吧？我们必须耐心等待，不能在那之前就失去机会，对不对？好了，瓦尔特，拜托你，跟我说句话好吗……"

野猪先生嘟囔了一句，大概意思是，反正他现在已经待在纸箱子里了，最好继续待下去。接着，他补充道："行了……我明白……我会乖乖待着的……现在，让我睡觉吧……晚安。"

第二天，瓦尔特看起来还是很沉郁。于是，杰斐逊提议让吉尔贝带他去"鲍里斯之家"喝点儿东西。他们甚至还可以趁机去面包店买一块蛋糕。两个伙伴消失了一阵子，回来的时候果然活力满满。

就这样，时间一小时、一小时地过去。终于，所有老学员和实习学员期待的时刻到来了。伟大的导师、通灵者、领路人、萨满法师、肉身之神——维托大师登场了。

这一伟大的登场发生在晚餐结束以后（瓦尔特认为，所谓的晚餐简直是个笑话）。三十几支手电筒照亮了整个院子，空灵的钟声和笛声像是直接将大家带到了尼泊尔——甚至连飞机票钱都省了。

尽管早就决定不被这些过分简单的花招所蒙蔽，杰斐逊还是忍不住觉得这音乐很震撼，甚至让人感动。庇护所里的所有成员——除了维托大师——都在院子里站成一大圈，共同参与到这次非凡的欧图姆当中来。温柔的夜风轻轻吹动老学员们的白色长袍，杰斐逊心想，这看起来还真有"灵魂修行"的感觉，那些真心实意来参加的实习学员们肯定都很想穿上同样的长袍吧。他看了看吉尔贝身上穿的那件印着"我是暖气专家"字样的T恤，觉得有点儿好笑。

渐渐地，笛声和钟声被日常的低沉敲锣声所替代。

梆——梆——梆——

维托大师出现了。他仍然穿着那天早餐时的南瓜黄长袍，脚上也是同样的拖鞋。不过，他戴着一顶专为仪式而选择的帽子，看起来就像一个倒扣的平底锅。只见他径直走到圆圈中间，张开双手，掌心朝天，动作缓慢而庄严。然后，他面带微笑，挨个儿审视自己的追随者们，轻轻地点点头。

"各位，我要说英语吗？"他开口问道，"或者说德语？瑞典语？印地语？匈牙利语？"

他做了个手势，就像是在说："你们想听什么语言，我就能说什么语言，你们来决定吧……"

没人敢开口回答，于是他接着说道："那么，我还是说大家都能听懂的语言，好不好……"

杰斐逊注意到，他特地给自己加上了一种奇怪的口音，尾音有些拖长。被杰斐逊偷听到的那天晚上，他说话时可完全没有这种口音。比如，当他说"我去开几瓶精妙绝伦的夏布利葡萄酒！咱们一醉方休！"的时候，发音可正常得很！

所有学员都用力点头——好！好！就说大家都能听懂的语言吧！

"很好，没问题。大家好，我叫维托，我很荣幸能成为你们的导师。我是你们忠诚奉献的朋友，我会努力带你们走上光明之路。"

他慢慢踱步，挺胸抬头，两手张开，银发在手电筒的映照下微微闪光。杰斐逊发觉，他的言语很谦虚，行动中却透着傲慢。

维托大师按照自己的方式开始了晚间的欧图姆。他的方式与蒂娅截然不同。他时动时停地摆动着双手、双臂和双腿，每个动作之间都要完全静止一段时间。这让他的举动看起来更突然、更令人不安。

吉尔贝和瓦尔特注意保持着距离，免得再受惩罚，尤其是在所有学员都把双脚放进夏瓦拉里的时候……换句话说，就是在大盆里蹚水和泥的时候。

杰斐逊留意观察着他们俩，尤其是瓦尔特。他以前从没见过这位野猪先生如此愠怒。只见瓦尔特毫无信念感地做着动作，甚至很是勉强，看起来就像有什么东西正在他的胸膛里沸腾。杰斐逊暗自祈祷他不要现在就爆发。

欧图姆结束以后，所有学员去冲洗了双脚，然后回到院子里，恢复了原本的队形。他们再次站成一圈，将维托大师围在中间。

"在我们周围，"维托大师继续说道，"有成千上万的连接点，它们连接着无限远与无限近，连接着天狼星与地面上的一条小蚯蚓。只不过，我们看不见它们，我们认不出它们。然而，此时，此刻，当我对你们说话的时候，其中一个超验的连接点正在呼唤着我。它看似不见，却在我眼中显形，它让我陶醉，它让我震撼……"

维托大师口若悬河地胡说八道，一边说，一边走向杰斐逊这边。这边站的是母马、拉布拉多犬女士、狍子女士、吉尔贝……

"他说的大概是那位女士的拐杖吧。"杰斐逊心想，"金属可以导电，诸如此类的。维托感应到了。"

"没错。"灵魂导师继续装腔作势地说道，他的双手开始颤抖，"它就在我们身边。既谦逊又强大的力量，非常可观的能量。这位年轻的刺猬，请你往前走！"

杰斐逊觉得自己就要晕倒了——维托指的竟然是他。

"请你往前走三步，到我这里来。不要害怕。"

杰斐逊无法拒绝对方的要求，他像个木偶一样走了三步。所有学员都看向他，这是他最讨厌的情况。在一片寂静中，那种沉闷的"梆——梆——"声再次回响起来。维托大师慢慢平举双臂，食指指向杰斐逊的头顶。

"宇宙的接收器！"他用令人不安的尖锐声音说道。

周围的学员们发出长长的"哦——"，显然是被这个结论震撼了。

杰斐逊觉得自己下一秒钟就要晕过去了。他头顶的小刺！宇宙接收器！他的小刺！他感到异常尴尬，恨不得原地消失。他条件反射地看向吉尔贝寻求帮助，这一次果然也没找错对象。吉尔贝直到刚才都成功地忍住没笑，可维托大师的结论实在太荒谬了。他扑哧地笑出声来，紧接着就笑得连腰都直不起来。他们好像回到了上小学的时候——要想笑必须先躲起来，偷偷摸摸地笑。在圆圈队形的另一边，传来了另一个学员的笑声。那当然是瓦尔特。他放声大笑："哈哈哈哈哈哈！"接着，几个实习学员也笑了起来：狐狸夫妇、马先生、老鼠女士……

有那么一瞬间，维托大师恼火得脸都扭曲了，但他绝不能当众丢脸。只有在他允许的情况下，别人才能笑，他绝不是任人取笑的对象！他必须立刻重建威信。

"没错，你们做得很对，笑吧！笑吧！哈！哈！哈！让我们一起为这个精彩绝伦的连接点纵情欢笑！"

蒂娅立刻照他的吩咐去做，"哈、哈、哈……"接着，老学员们也照做了，"嘿、嘿、嘿……"再接下来，刚才没笑的实习学员们也笑了，"吼、吼、吼……"现在，院子里回荡着响亮的笑声。然而，这是虚假的、被强迫的、有意识的发笑，它跟真正的笑是不同的。真正的笑应该是自发的、快乐的、不受控制的，真正的笑是从内心爆发出来的。没过多久，假笑的维托大师、蒂娅和学员们就都笑不出来了。

维托大师允许杰斐逊回到圆圈队伍里。杰斐逊连忙跑了回去，打心眼儿里希望所有人都别再看他了。蒂娅走到圆圈中间，跟维托大师进行了堂而皇之的秘密会谈。他们看起来在琢磨今晚接下来的流程。

最后，维托大师点了点头表示同意，接着往后退了几步。蒂娅说道："朋友们，今晚是个特殊的夜晚。维托大师刚才对我说，他观察到了不同寻常的迹象。或许，多亏了这位有着宇宙小刺的年轻刺猬，他才能感受到无与伦比的强力。它就在电筒的光亮里，在我们流动的能量中，在抚摸我们的夜风里。他感到自己身体里也涌起了前所未有的净化之力，甚至十倍于他曾经的力量。他很愿意把这份强力赠予我们当中最需要它的学员。"

老学员和实习学员都听得目瞪口呆。起初，他们都一声不吭，只想着自己今晚有多么幸运，能得到这样的特殊优待：不只见到了无与伦比的维托大师，甚至比这还要好，他们见到的是拥有十倍力量的维托大师！今晚的维托大师就是阿尼莫斯精神的现身！他就是力量本身！

突然，有个声音大声喊道："给他！"

说话的是母山羊斯妮法，她正指着刺猬斯科尼。他就在斯妮法身边，几乎无法自己站立，必须靠着她的肩膀。

"他最需要维托大师的力量！他已经痛苦很久了，虽然勇气可嘉，却始终没有缓解。给他吧！"

"不！给她！"母马指着手拄拐杖、身体虚弱的狍子女士，也喊了起来，"她越来越难受了。给她吧！"

"不，不行……我……我……给我吧！"那只海狸鼠指着自己，磕磕巴巴地说道。

其他学员也纷纷喊了起来。

蒂娅伸出两只手，做出制止的手势，"各位！各位！请先安静一下。最简单的方法就是让我来选，这样，你们之间就不会互相怨恨了。让我看看……"

她眯起眼睛，慢慢地走来走去，就好像在进行阅兵仪式似的。最后，她停了下来。

"先生，你愿意跟我们讲讲你为什么到阿尼莫斯来吗？"

两名实习学员向两边分开，大家都看到了蒂娅的说话对象。这个学员刚才一直待在靠后的地方，也就是院子里比较暗的角落里。

"请你到前面来。你叫什么名字？"

"我叫亨利。"

杰斐逊感到自己的双腿在微微打战，他的心揪紧了。在不到一秒钟的时间里，他全都明白了。名叫亨利的年轻公牛！藏在被子底下的轮椅！两天前的夜里偷偷到来的那两个访客！伊尔德先生早有预言，最关键的时刻就是'奇迹之夜'。他说得实在太对了！杰斐逊环顾四周。哦，这些天真的面孔！哦，这些盲目的看客！在所有学员中，只有他知道一切，只有他能说明真相。可是……他该怎么做？

年轻公牛推动轮椅，来到蒂娅跟前。

"亨利，请你告诉我们，你出了什么事？当然，如果这对你来说过于痛苦，你可以选择不说。"蒂娅说道，装出一副同情的样子。

"我很愿意告诉大家。十年前，我经历了一场严重的摩托车事故。我和我的未婚妻被一辆汽车撞了。那个汽车司机闯了红灯。"

"哦——！"其他学员们发出气愤的喊声。

"我的未婚妻死了。"公牛继续说道，"她才十七岁，是个护士……"

"哦——！"大家发出同情的声音。

"而我……我现在形单影只，被无情的命运钉在这电动轮椅上……"

周围陷入寂静。所有学员都心情沉重。

"亨利，你觉得维托大师能帮到你吗？"

"我很想说能。"年轻公牛虚弱地说，"然而，我其实不信。"

"亨利，"蒂娅双手合十，"你不要绝望。我去问问维托大师，看他的通灵之力能否让光明的力量下降到此地，进入到你的身体，将你彻底解放。说不定，你能重新站起来，甚至今晚就在这个院子里走路！没有确定的事情，这一点你说得对，但为什么不试试看呢？"

年轻公牛点点头，一副怀疑的神情。蒂娅转身去找维托大师。

杰斐逊真希望伊尔德先生此刻就在他身边，对他说："亲爱的杰斐逊，你知道我们接下来该怎么做吗？"可他左看看，右看看，只看到坚信维托大师神力的母鸡，以及不管蒂娅说什么都照单全收的绵羊。

杰斐逊悄悄地往后退了一步，离开圆圈队形，贴着墙蹭到吉尔贝和瓦尔特身后——他们俩已经重新站在一起了。

就在这时，维托大师再次登场了。就像是为了增加悬念，院子里响起了迷幻的音乐，大概是蒂娅或者毕比播放的。维托大师没有看向大家，也没有说一句话。他径直走到圆圈中间，眼睛半

闭着，满脸虚情假意。

学员们议论纷纷，杰斐逊趁机对两个同伴说道："吉尔贝！瓦尔特！那个亨利是个骗子！他根本就不是截瘫患者！他跑得比兔子还快呢！"

他飞快地跟两个同伴讲了那天晚上看到和听到的一切。最后，他补充道："我就不说什么十七岁的护士未婚妻了！根本不可能！"

"你说得有道理。"吉尔贝点点头，"他们讲得太逼真了，大家都没反应过来。悲剧色彩越重，效果越好，这简直……"

"杰斐逊，"瓦尔特沉声问道，"你百分之百确定他是骗子？"

"百分之两百确定！我站在暖气片上看得清清楚楚。就像我现在看你们这么清楚！我用自己脑袋顶上的小刺发誓，那家伙是个大骗子！"

"好。"瓦尔特说，"很好，我相信你。现在，交给我吧。我也不知道会怎么收场，但我确定，接下来肯定会硬碰硬。吉尔贝，你也准备好来硬的吧。"

瓦尔特从他们俩身边走开。他平静得令人担心，因为他们知道，他现在就像是达到最大负荷的锅炉，或者像个阀门正发出嘶嘶声的高压锅——这是"彻底释放"的前兆。

音乐声变弱了，学员们也都沉默不语。周围完全安静下来后，维托大师转向年轻公牛，用手势请他到自己跟前来。大家听见轮椅的轮子和地面摩擦的轻微响声，然后，轮椅停在维托大师面前。只见维托大师依次把双手放在亨利的头上、肩膀上，接着久久地放在亨利的腿上。最后，他往后退了几步，缓慢地转圈，就像在请求所有学员的帮助，让大家跟他一起完成这个不可能完成的"奇迹"。

大家的紧张感达到了极限。维托大师伸出双手，请年轻公牛试着站起来。亨利假装努力了一会儿，然后摇了摇头，做出一副无能为力的样子。"这两个家伙！多么拙劣的演技！"杰斐逊心想。然而，这种只能骗傻瓜的花招竟然进行得非常顺利。站在他对面的母山羊斯妮法已经热泪盈眶了，其他学员也跟她一样激动。

维托大师绕着亨利转圈，不停地击打着虚空，就好像在跟看不见的恶魔作战。有时候，他停下来，猛地朝轮椅上吹气——噗，噗……就像要把只有他自己能看到的致病疫气全都吹走。接着，他又开始敲打轮椅，折腾各个连接处，并且声音嘶哑地大喊："阿乌亚！阿乌欧斯！"尽管整个过程无比滑稽，但没人发笑。就连瓦尔特也没笑，相反，他看起来越来越惊讶了。

这番独角戏演完后，维托大师静止不动了。然后他再次发出邀请，请亨利试着站起来。看起来他们的滑稽戏已经演得足够久了，亨利挪动双腿，将它们扳向轮椅的一侧。现在，他的双脚落在了地上。接着，他用胳膊撑起身体，站了起来，整个身体的重量都靠在轮椅扶手上。维托大师亲自走过去，帮他推走了最后的依靠。轮椅滑出几米远，翻倒在地上。起初，亨利摇晃着，寻找着身体的平衡。很快，他稳定下来，迈出了第一步，当然是很小的一步。紧接着，他迈出了第二步、第三步。最后，他双手捂脸，看起来好像为自己刚刚做到的事情感到惊愕不已。

维托大师用一种反常的眼神看向天空。老学员们开始尖叫、哭泣。实习学员们个个呆若木鸡。

就在这时，瓦尔特的耐心彻底耗尽了。他终于忍不住行动起来，看起来谁也无法阻止他了。

18

"**停**下！停！我的天哪！我的苍天哪！"

这就是野猪瓦尔特·施密特，动物王国公民，纸箱制造厂老板，他妻子的丈夫，玛丽－克洛德——也就是宇宙颂歌乐队摇滚明星"伤痕"的叔叔，今晚在阿尼莫斯庇护所的院子里当众说出的第一句话。

"冷静点儿，都冷静点儿。各位女士，各位先生，如果你们乐意听，我就给你们讲几件事。"

他自己可一点儿都不冷静。瓦尔特背着手，盘算着从哪儿开始说起。他满脸通红，身材矮壮，声音和上半身一样有力。

"我先来跟你们说说另外那个家伙吧，就是头上顶着平底锅的那个！"他伸手指向发愣的维托大师。

维托大师站在原地，一时间没反应过来——已经有很长时间没人叫他"那个家伙"了。

"他不叫维托，他叫弗朗索瓦。是吧，弗朗索瓦？弗朗索瓦·亚比贝尔。他最开始是个唱歌的，但是没混下去，你们很快就能明白为什么了。吉尔贝，我的好朋友，你来放一下音乐怎么样？这首歌叫《快乐足足》，各位保准不会失望的。要是你们来了感觉，还可以跟着跳舞呢！亨利，你当然也可以跟着跳！"

吉尔贝不知道从哪儿拿出一组音效非常强劲的小音箱，放在自己跟前的地上。他只按下一个按钮，整个院子就充满了音乐声。前奏中的"梆——梆——"就不是什么好兆头，而当维托用尖厉的嗓音唱出第一段歌词时，所有听众立刻明白，他们将要面对的是如何糟糕的情况。

当太阳升高……欧嘞！

当爱情到来……欧啦！

我们戴上大帽子……欧嘞！

一起吃比萨！

维托冲向音箱，就像非洲大草原上的猛兽冲向一头落单的牛羚。什么庄严，什么优雅，去他的吧！盛怒之下，他的嘴角都扭曲了。

"给我！"

吉尔贝已经从地上拿起了音箱，在圆圈外左摇右摆地跑了起来。

> 当阳光暖烘烘……欧嘞！
>
> 当冰块融化哗啦啦……欧啦！
>
> 我们露出腹肌……欧嘞！
>
> 女生们尖叫：哇！

"你这混蛋！快给我！"维托嘶声大吼。

"别急呀，弗朗索瓦！让我们好好听歌吧！"

"没错。尤其是马上就到副歌了。"瓦尔特说，"吉尔贝，再大点儿声！"

维托像橄榄球员一样使出一记抱摔，但吉尔贝敏捷地躲开了，维托扑了个空，摔在尘土里。瓦尔特所说的副歌响了起来：

欧嘞，快乐足足足足……

欧啦，快乐足足足足……

飞吻属于我们……

美女属于我们！

杰斐逊突然想起四年前的开心旅行团。当时，伊尔德先生临时编过几段歌词。啊，那可真是另一种格局！

吉尔贝跑到亨利附近，年轻公牛伸出脚，想绊倒吉尔贝，但没有够到。他不甘心地追着吉尔贝跑了好几米，这才突然意识到自己刚才还是个截瘫患者。于是，他假装出一副痛苦的表情，拖拖拉拉地走到轮椅跟前，瘫坐在上面。

"女士们，先生们，快看啊！"瓦尔特大喊起来，"快看，他们是怎么欺骗你们的！蒂娅，维托，亨利！杂耍之王！亨利，他们给了你多少好处，让你来演这出闹剧？不到两天以前，有目击者还看到你健步如飞呢！骗子！你有想过那些真正坐在轮椅上的病人吗？你想过一秒钟吗？！还有你，维托，你以为你这些伎俩还能继续下去吗？啊哈，你打错算盘了，冒牌大师！"

大部分实习学员都被眼前的场面惊呆了，他们一个个毫无反应，只是大张着嘴。但许多老学员开始表示反对。名叫拉乌尔的猫第一个叫了起来："嘿！你凭什么批评维托大师？这位先生，我们已经在这儿好几年了。你们呢？你们昨天才来，凭什么教训我们？"

接着，母山羊斯妮法也非常激动地说道："没错。各位先生，够了！你们难道不懂什么是尊重吗？"

"你说什么？"瓦尔特也大叫起来，"难道他们尊重你们了吗？他们一直在跟你们胡说八道！他们把希腊、印度……这些异域风格全都混在一块儿了！他们搞的这些简直没头没尾！他们偷了你们的名字，你们的钱，你们的健康。他们根本没治好任何病。正相反，你们看看可怜的斯科尼先生！你们看看这位狍子女士！他们俩都需要真正的医生，而不是这种江湖骗子！"

"住口！你这头肥猪！"维托气得脸色发白，口不择言地骂了起来。

"啊哈，你急了吗？我还没说完呢。"瓦尔特反唇相讥，"当你的学员都在啃面包、吃苦白菜的时候，你跟你的同伙在干吗？你们偷偷躲在老窝里，寻欢作乐，喝酒吃肉！当他们喝着自来水的时候，你们一杯接一杯地喝着高级的勃艮第红酒！你们敢说自己没干这些事吗？一群伪君子！"

吉尔贝早就调低了音箱的音量，好让所有学员都能听见瓦尔特的指责。维托还打算反驳，但瓦尔特已经不可阻挡了。

"还有那边那个女人！她满脑子只想着钱、钱、钱！别看她每天早上都跟你们说她爱你们，事实上，她爱的只有这个！这个！"

瓦尔特摩擦着自己的拇指和食指，做出一个全世界通用的数钱动作，"你们不信吗？拿出一百库隆来！看看她的眼睛会不会立刻瞪得老大！"

蒂娅再也听不下去了。她恶狠狠地瞪了瓦尔特一眼，紧咬着牙走开了。瓦尔特没理她，他现在就像一辆冲锋的坦克。

"你们不要以为，来到这儿是你们自己的选择！是他们选择了你们！他们专门针对你们下套，因为你们要么悲伤，要么孤独，要么沮丧，要么痛苦。或者，你们四种情况都占全了！其实，他们只想要你们的钱！他们想让你们崇拜他们。他们撒谎就像呼吸一样平常！一群骗子！你们听听这个傻瓜歌里唱的都是什么！你们对他毕恭毕敬，可他……"

瓦尔特没能把这句话说完——一根鹤嘴锄的锄把飞了过来，砸在了他的脑袋上。转眼之间，他就被砸晕过去了。瓦尔特倒在地上，但把他砸晕的——就是那个叫毕比的司机一时间很难把他拖走。毕比费劲地把瓦尔特扛了起来，像扛着一袋土豆似的朝院子大门走去。蒂娅已经把门打开了。吉尔贝匆忙赶过去帮助他的朋友，但他突然发现自己双脚腾空——亨利放弃了截瘫患者的角色，开始承担"脏活累活"。他并没打晕吉尔贝，只是把这头小猪夹在胳膊底下，就好像家长夹着一个闹脾气的小孩。

"放开我！"吉尔贝大喊，像一条胖肉虫似的扭来扭去，双脚乱蹬一气。然而，亨利的胳膊就像虎钳似的夹住他。"放开我，你这肮脏的骗人精！嘿，帮手呢？帮帮我啊！阿杰！阿杰！快来帮我！"

杰斐逊来不及思考就做出了决定。吉尔贝呼喊的声音让他心如刀绞，他立刻冲了出去。如果有必要，他甚至愿意拼命。然而，亨利狠狠一脚踢在了他的胸口上。哪怕是跆拳道奥运冠军也不可能比他踢得更稳更狠了。杰斐逊倒飞出去五米远，完全喘不过气来，差点儿当场晕倒。

亨利直接将杰斐逊踢开，甚至看都不再看他。年轻公牛跨过大门，重重一拳砸在吉尔贝的脖子上，小猪立刻没了声音。亨利把吉尔贝扔在门口一动不动的瓦尔特身上。

吉尔贝晕晕乎乎的，但还有一点儿意识。他听见大门在自己身后关上了。周围一片安静，月亮从两片云彩之间露出来，白色的微光照亮了他们俩的身体。

"瓦尔特，瓦尔特！你没事吧？"吉尔贝哼哼唧唧地问道，他把脸贴在了瓦尔特的脸上。

短暂的寂静过后，瓦尔特发出了非常微弱的声音。他凑近吉尔贝的耳朵，哼唱道："……我们戴上大帽子……欧嘞……一起吃比萨！……这歌还真的挺洗脑。"

19

院子里还有些混乱。维托大师试图再次掌控局面。

"各位朋友，一切正常……一切正常……总会有些异教徒，无知者……我们只需要……请大家再围成一圈吧……我会向你们解释一切……宇宙的力量……亨利……虽然不是奇迹，但其实还是奇迹的奇迹……那个，你们都会明白的……光明……风……各位听我说……"

杰斐逊好不容易才喘过气来。他恢复了神智，但陷入了前所未有的慌乱不安。他把两个朋友带到了危险的境地，现在他们被殴打，被扔到了院子外面。尽管他们很有勇气，但显然遭遇了惨败。吉尔贝刚才大喊"阿杰，快来帮我！"可自己根本没能帮助朋友。惭愧、愤怒和痛苦让他的眼里涌满了泪水。这全都是他的错。伊尔德先生，哦，伊尔德先生，我该怎么做？

现在，只有一件事是确定的：他绝不想再待在这个充满谎言和暴力的地方，绝不想再听维托信口开河，那些胡说八道已经让他完全无法忍受。他走向大门，打算去找自己的朋友，却发现蒂娅正在门口等待他。这一回，她没有再说什么"潜质"之类的词汇，眼睛里只有轻蔑和嫌恶。

"至于你嘛，亲爱的小刺猬，我会对你网开一面。我允许你去房间里收拾自己的东西，但你必须在十五分钟之内离开庇护所，以后我再也不想看到你了。我也请你把嘴巴闭紧，不许说任何一句有关阿尼莫斯的坏话。你斗不过我们的。好了，快走。"

蒂娅左侧鼻翼下的嘴角像跳舞似的，一刻不停地疯狂地抽搐着，杰斐逊看了看她，什么也没说，心想，"她根本不值得我浪费唾沫。"他上楼回到自己的房间，整理好东西，又去了一楼宿舍，收拾了两个朋友的物品。"我必须动作迅速，"他对自己说，"当我离开这里的时候，吉尔贝的小货车会在外面等候吗？"所以，尽管拿了很多行李，他还是一路小跑着穿过走廊。

当他来到院子里的时候，听到维托正在发出狂热的嘶吼："我们看到的一定是真相吗？"

"不一定……"学员们声音颤抖地回答。

"光的背后是不是还有另一道光？"

"是……"

杰斐逊简直想要呕吐。他向大门跑去，突然看到了西蒙娜。她仍然站在圆圈队形里，但满脸都是绝望。她的耳朵从来没有像现在这样悲伤地低垂在胸前。杰斐逊朝她跑了过去，招呼道："西蒙娜，西蒙娜！跟我走吧！快走！"

西蒙娜轻轻地摇了摇头。

"走吧。"

"不行。"她小声说道。

杰斐逊看见蒂娅已经注意到了他们。她径直朝他们这边走了过来。

"西蒙娜，下坡路口的第一丛树下有个小小的车位，吉尔贝的小货车就停在那儿。我们在车里等你。太阳七点升起来，我们会一直等你，一直等到第一缕阳光出现。你听到我说的话了吗？"

西蒙娜低下了头，"杰斐逊，别管我了。"

蒂娅做出一副威胁的表情。杰斐逊快速离开了。他自己打开大门，在身后关上了门。小货车不在门外。他倍感沮丧，独自沿路往前走，卵石在他脚下滚来滚去。快走到那处树丛时，他看到小货车就停在树下。

杰斐逊轻轻打开副驾驶一侧的车门，惊讶地发现驾驶室里是空的。

"我在后面。"一个昏昏沉沉的声音说道，同时，一束手电筒的光闪了两三下。

杰斐逊拉开后面的滑动门，发现吉尔贝待在半明半暗的车厢里，瘫倒在那把牙医诊所的座椅上。电影院座椅也还在原来的位置上，但其他空间都已经被工具和材料填满了。看来，想要在这里铺开睡垫是不可能了。

"不好意思，我没开灯，因为脑袋疼得要命。"吉尔贝哼哼唧唧地说，"那个亨利真的是用拳头打的我吗？他的拳头简直比熨斗还硬！你呢？你怎么样？"

"我还好。只有你自己在吗？"

"对。我开车把瓦尔特送到了下面的省道上，马尔库斯和穆塞特过来把他接回去了。我就又开上来等你。"

"啊，谢谢你。瓦尔特怎么样？"

"他的脑袋上有个鸡蛋大的包，还一直反反复复地唱那首《快乐足足》。咱们走吗？"

吉尔贝爬起来，准备到驾驶座去。

"不行，吉尔贝。我跟西蒙娜说，咱们会一直等到明天早上七点。"

"啊，你确定她会来吗？"

"呃……不确定。"

吉尔贝看了一眼手机，叹了口气，"现在是半夜。你睡吧。要是你饿了，我的杂物箱里还有半盒手指泡芙。"

说完，他把被子拉过头顶，打了个哈欠。

杰斐逊找出糕点，没脱衣服，直接躺在了电影院座椅上。他在黑暗里默默地嚼了十五分钟泡芙，这才敢开口问道："你生我的气吗？"

吉尔贝还没有睡着，反问道："阿杰，我干吗要生你的气？"

"呃，因为你会觉得我害你……"

"没有！完全没有！亨利提着我的时候，一直把我的脑袋冲着门外，所以我什么也没看到，但我听到一声'哎哟！'。当时我就想，糟了，这肯定是我的小刺猬被狠狠地揍了一下！"

"可不是嘛！我觉得他那一脚都要把我踢出个窟窿来了！"

吉尔贝咯咯笑了起来，又立刻捂住了脑袋，"你别说了，我一笑就脑袋疼。阿杰，你很勇敢。而且，幸好你能留下给西蒙娜带句话。"

"唉……只是带句话……你也很清楚，她是不会来的。你知道我提议让她跟我们一起走的时候，她对我说了什么吗？"

"她说什么？"

"她说：'杰斐逊，别管我了。'"

"她是看着你的眼睛说的吗？"

"不是，她低着头说的。"

"那她肯定会来的。她已经看到所谓的'奇迹'都是骗人的，这肯定能让她回心转意。"

"她肯定不会来的。她已经心如死灰了。"

"阿杰，她肯定会来的。你想想那些电影里，当我们在夜里等一个人，等了好久，最后的结果是什么？那个人是来了还是没来？"

"来了。"

"对嘛！所以，她会来的。而且，她甚至会在我们已经绝望的时候才来。就在我们打算放弃、准备离开的那个时候。"

"你说得有道理。唯一的问题是，我们现在不是在电影里啊。"

"没错，我们不是在电影里，但这毕竟是属于我们的故事嘛，我的小刺猬！我们都在属于我们自己的故事里！再说，你看看，你现在坐在什么地方？"

"一把电影院座椅里。"

"就是嘛！好了，晚安！"

一阵低低的音乐声把杰斐逊叫醒了——是说唱，他听出那是宇宙颂歌乐队，"伤痕"正在用无法模仿的激越的噪音唱道："擦肩而过，哦……擦肩而过……"现在是早上六点半，周围还是一片漆黑的夜色。杰斐逊爬起来，做了几个拉伸动作，活动活动僵硬的腿脚。吉尔贝见状，调高了音量。

"你瞧，我成功挽救了我的音箱！可我把行李扔在宿舍里了，现在也不可能回去拿了。真是的，我的换洗短裤都送他们了！你昨晚睡得好吗？"

杰斐逊开心地告诉他，自己已经把他的东西拿回来了。在椅子上睡了一宿，现在他们俩又冷又饿，浑身酸痛。距离约定时间只有半小时了，西蒙娜依然没有出现。他们从车上下来，在黑暗中仔细地观察着庇护所：一片寂静，毫无声息。一阵刺骨的寒风让他们俩都打了个冷战。西蒙娜大概正躺在温暖的床上，抱怨着他们俩，并且发誓再也不跟他们说话了。

六点四十五分，东方的树顶上现出一缕微光，预示着太阳即将升起。不过，那一缕光很黯淡，需要仔细观察才能看得出来。他们俩爬到小货车的车头上，裹紧身上的衣服，耐心地等待着。

六点五十五分，天空出现了玫红色。杰斐逊爬下来，往庇护所的方向走了十几步。那座建筑物的灰墙已经在晨曦中显出了轮廓。

他走回来，重新回到吉尔贝旁边坐下。

六点五十九分，很好，毫无悬念。电影里的故事都是虚构的；而他们面对的，是真实的生活。得了，就这样吧。

吉尔贝开始倒数。

"十……九……八……七……"

数到零以后，他坐进驾驶室里，什么抱怨或者牢骚话都没有，只是拿出钥匙，发动了小货车。

"走吧，阿杰。咱们已经把能做的都做了。现在去穆塞特那里喝杯热咖啡，然后就回家吧。你说呢？"

杰斐逊点了点头。他们已经尽力了。这才是最重要的，不是吗？必须尽力而为。

吉尔贝开始倒车，小货车绕过树丛，小心地开到了正确的方向上。蒂娜显然不喜欢早起，所以必须慢慢来。它的两盏车前灯比手电筒亮不了多少。吉尔贝已经准备下坡了，杰斐逊却还在做最后的犹豫。

"再等一下。咱们还是应该给她一点儿机会，西蒙娜值得这样的机会。就当是老天的礼物。拜托，吉尔贝，再等一下，最后一分钟……"

吉尔贝叹了口气。他停了车，但没熄火。

杰斐逊下了车，坚决地朝庇护所走去。就在快要走到大门口的时候，他突然看到晨曦里显露出两个身影——不是一个，而是两个！她们带着各自的行李，朝他跑了过来。

"西蒙娜！鲁迪！"杰斐逊兴奋地大喊起来，"我们在这里呢！"

两位兔子女士跑得上气不接下气，只能勉强说出"谢谢……谢谢……"。她们上了车，坐在后面的座椅上，行李刚好能堆放在她们俩中间。吉尔贝重新坐上驾驶座，小货车开下坡路，大家都没有再说一句话。

等他们开到有网络的地方，杰斐逊打开手机，登录了学校的网站。他在屏幕上敲了一会儿字，接着用双手捂住了脸。

"你怎么啦？"吉尔贝担心地问道。

"考试分数出来了。"杰斐逊回答，"都可以查了。"

"啊……所以你才哭吗？真遗憾。接下来的小学期里你还能补考，对吧？"

"不是。"杰斐逊嘟囔着说，"我过了。各科平均分72.5。"

糟糕的路况让小货车的减震器发出了哀鸣。吉尔贝连忙道歉："对不起呀，亲爱的蒂娜。咱们就快开到柏油马路上啦，加油！"

小货车开上柏油路面时，大家开始交谈。

"咱们这是去哪儿啊？"西蒙娜问道。她和鲁迪都坐在后面的车厢里，根本看不见前面的路况。

"你可以认为，咱们去的是诺亚方舟。"吉尔贝打趣道。

"你的意思是……？"

"很快就到了。你们一会儿自己看吧。"

对这两位乘客来说，过去的一夜可以说既惊心动魄又转瞬即逝。当杰斐逊和吉尔贝在小货车的座椅上过夜时，西蒙娜和鲁迪一直在做自我斗争，在压低声音商量。最后，她们终于下定决心。清晨时分，她们拼尽全力跑了出来，边跑边近乎疯狂地祈祷，只希望小货车能停在她们要去的地方。

没错，这一夜转瞬即逝。现在，他们来到了"水边的穆塞特"旅店，只觉得自己浑身发软。吉尔贝已经事先通知了伊尔德先生，所以，旅店大厅里有一大桌美味的早餐在等待着他们。马尔库斯坐在桌子尽头，穆塞特坐在他身边。现烤的面包、奶油圆面包、羊角面包、橙汁、黄油、蜂蜜、自制果酱、麦片、咖啡、茶、巧克力……大家看着这满满一桌美味佳肴，简直不知道该从哪个开始吃才好。甚至，还有比这更美好的：热情的欢迎和真诚的微笑。唯一缺席的是瓦尔特，他还在熟睡。昨天半夜，有一位母山羊医生来看过了，他的伤没有大碍。厉害的瓦尔特简直像是练过铁头功，他只需要恢复几天，等状态有所好转，就可以上路回家了。

"马尔库斯，你要跟我们一起回去吗？"杰斐逊一边吃面包片，一边问道。

其实，他只是想发起谈话，以免西蒙娜和鲁迪感到尴尬；同时，他也不想让别人再去向她们打听那些事。承认自己被欺骗，总归是一件难堪而艰难的事，杰斐逊想。不承想，他的这份好心却引来了另一种尴尬。

"呃……我……"伊尔德先生一边结结巴巴地回答，一边拿起餐巾，在嘴巴上擦了好一会儿，试图给自己争取时间，"我……可能要在这儿待到明天，因为……我……"

穆塞特一脸忍俊不禁地看着他这副尴尬的模样。杰斐逊心想，他们肯定做过各种各样的尝试，但他们实在无法继续隐藏秘密了。从他们彼此间细微的关注，从他们的眼神，从他们尝试着保持最起码的距离，大家都能猜个八九不离十了。虽然他们俩尽力掩饰，但他们的头顶上好像拉着一条无形的巨型横幅，上面的字正堂而皇之地昭告全世界：我们相爱啦！

两位兔子女士实在是饿坏了，吃相狼狈，已经顾不得餐桌礼仪之类的规矩了。西蒙娜正咬着一口黄油羊角面包，鲁迪却出乎大家意料地开口了。她显然跟自己腼腆的天性进行了一番艰难的斗争，最终战胜了羞怯。

"杰斐逊，我不知道你有没有跟朋友们讲过我吃面包的事……"

大家都点了点头。没错，他们都知道。他们知道维托因此当众指责和侮辱了她，也知道那是因为西蒙娜偷偷揭发了她。鲁迪想要补充什么吗？她能原谅西蒙娜吗？……鲁迪接下来的话，却让大家都大吃一惊。

"你以为是艾可丽达出卖了我，对吧？其实，你搞错了。不是她，'叛徒'是拉乌尔，那只猫，他在'鲍里斯之家'咖啡馆当服务员，他看见我从面包店出来，把所有事都说了出去。我希望你们了解真相。"

杰斐逊感到非常难过——原来是他搞错了。更糟糕的是，他还把西蒙娜定性为"叛徒"。他结结巴巴地向西蒙娜道歉，请求对方的原谅。西蒙娜却一脸深情地打断了他："别说了，杰斐逊。他们的确搞乱了我的思维，但还没到那样的地步。我绝不会做那种事……我绝不会那样对待朋友。"

西蒙娜和鲁迪啜泣起来，她们拥抱了彼此。

"我们也是！大家都是朋友！"吉尔贝假装擦着并不存在的眼泪，高声叫道，无比热情地扑向杰斐逊，后者想把他推开都推不动。

他们都笑了起来。两位兔子女士也眼含热泪，跟着笑了。

她们表示要一起待上一段时间再分别。共同经历过那么多辛苦的日子，立即就分开，对她们俩来说都难以接受。吉尔贝和杰斐逊打算把她们送到鲁迪家去——她的家刚好在他们俩回家的路上。

就在大家起身，准备离开餐桌的时候，瓦尔特雄姿英发地走进了大厅。他脑袋上那个原本鸡蛋大的包，现在已经缩成了鹌鹑蛋大小。他朝大家挥了挥手，朗声说道：

"哟，你们好哇，快乐足足的朋友们！"

尾声

回家之前的这段时间，杰斐逊也并没有荒废。他设法打听到了开心旅行团所有成员的电子邮件地址，给他们写了一封以"紧急求助"为标题的邮件：

各位朋友，大家好！

四年前，我们一起在人类世界的维尔伯格城经历过一次绝妙的大冒险，大家还记得吗？回来以后，我们大家都怀着轻松的心情，回归了日常生活。但是，有一位成员——西蒙娜——她的日子并不轻松。她感到孤独、悲伤，也因此掉进了一个邪教组织的陷阱，并且被困在这个位于莫尔吉弗附近，名叫"阿尼莫斯"的邪教组织里。马尔库斯·伊尔德、瓦尔特·施密特、我的朋友吉尔贝，还有我自己，我们四个现在已经成功地把她从那里带了出来。虽然她已经识破了阿尼莫斯的骗局，但是，在我看来，如果我们就此停止帮助，西蒙娜仍然有危险，她可能还会重蹈覆辙。

该怎么办呢？你们可能会这样问我。依我看，一味地批评或者建议恐怕都毫无用处。我想，最简单的办法就是我们花时间多陪伴她，多鼓励她。孤独的感觉有时能够吞噬一个人的灵魂，但是，作为朋友，我们也许无需付出太多，就能帮助他人远离孤独，排遣孤独。

在离家前往那个组织的基地之前，西蒙娜曾经打算给自己的百叶窗重新上漆。她因此从梯子上掉了下去，摔得很重。对于她来说，身体的疼痛加深了心灵的痛苦，因此才有了后续的行为。我想，不知道你们大家有没有时间帮我完成这项粉刷工作呢（吉尔贝太忙了，他完全没空）？我这里有砂纸、油漆、刷子，万事俱备，只缺帮手。这样，等她回到家的时候，就能面对一个真正的惊喜了。如果你们有其他想法，也请……

向大家致以诚挚的问候。

杰斐逊

　　两天之内，他收到了所有成员的回信，大家的慷慨和热情让杰斐逊感动得热泪盈眶。那只聋哑的安哥拉猫埃米尔自告奋勇地表示可以帮忙上漆，并特别说明，他一定会把每一个步骤都拍照留念；绵羊夫妇弗雷洛先生和太太提议让西蒙娜加入他们的北欧健步走社团；两位狐狸姑娘想知道西蒙娜会不会对她们俩刚刚举办的动画电影节感兴趣。伊尔德先生也借此机会告诉大家，他在两年前失去了爱妻艾丝黛尔。关于西蒙娜，他写道："谁能想到，她竟然独自茕茕，如此孑然无依？"杰斐逊简直可以想象大家集体翻开字典查找"茕茕"和"孑然"的样子。不过，最有用的当属瓦尔特的回复邮件：

　　开心旅行团的朋友们，大家好哇！

　　杰斐逊真是太好心了，不过，爱意要是太沉重，有时候也不是好事！要是咱们一窝蜂地奔向西蒙娜，她肯定要起疑心的！咱们得循序渐进。下周，我的任女玛丽－克洛德，也就是"伤痕"（我永远都不习惯这么叫她！）会跟她的乐队宇宙颂歌开一场摇滚音乐会（所有专辑歌曲都有，还有额外加赠曲目）。我太太跟我买了二十七张票，我们邀请你们大家一起去！西蒙娜也会去。这看上去起码是更自然一点儿的"重聚"什么的。然后，我们就按照杰斐逊说的去做，但要含蓄一些，谨慎一些！你们觉得怎么样？

拥抱各位！

瓦尔特

再过两天，西蒙娜就要回家来了。这天早上，安哥拉猫埃米尔找到杰斐逊，然后，他们一起去了西蒙娜的家。这里没有任何变化。他们仔细规划了上漆的流程：砂纸抛光、去灰、第一层漆、晾干、再抛光、第二层漆。中间休息的时候，他们坐在石头矮墙上，喝杯咖啡，吃点儿快餐。一切工作都在安静中进行。这种感觉颇有点儿古怪。周围只有高大的白杨树的枝叶在微风吹拂下的窸窣声，还有第一批飞回来的燕子发出的啁啾声。需要进行交流的时候，埃米尔就掏出记事本，把想说的内容写在本子上，杰斐逊则面对着他，努力做着口型，做出无声的回答。

奇想文库

为当下和未来建造一片奇思妙想的自由天地

"奇想文库"以"奇想"命名,承自"奇想国童书"这个品牌名,是奇想国专门为 6～12 岁中国儿童打造的经典儿童文学书系,其意义源自我们的出版理念:

奇思妙想,是人类最宝贵的精神财富之一;

奇思妙想,能帮我们大力拓展知识疆界,创新求变,为世界带来无限可能性;

奇思妙想,使我们永葆天真好奇的目光,更敏锐地感知世界,体会快乐和幸福。

奇想国童书希望通过自己的出版物,帮助孩子和大人们终身拥有奇思妙想的能力。

丰富的、自由的、无边界的、充满创造力的想象,在科学领域之外的文学,特别是儿童文学领域,拥有另一个广阔的舞台。优秀的儿童文学作品以其出色的遐想和精彩的故事,带领小读者们上天入地、通贯古今,自由穿梭于幻想与现实的天地里,去探索无限丰饶的人类精神和无限奇妙的世界万物。真正优秀的儿童文学作品,可以滋养出拥有充沛想象力、丰富感受力、富有同情心以及出色表达力的孩子帮助他们成长为一个快乐的有趣的符合未来社会发展需求的人。

"奇想文库"以"想象"与"成长"为主线,以"名家经典"和"大奖作品"为选品标准,在世界范围内为中国孩子甄选出优秀的"幻想小说"和"成长小说",让孩子通过持续的、多样化的阅读,为成长解惑答疑,为想象插上翅膀,健康快乐地成长。

奇想文库系列，更多好书敬请期待

图书在版编目（CIP）数据

刺猬杰斐逊和一桩失踪案 /（法）让－克劳德·穆莱
瓦著；（法）安托万·龙佐绘；张昕译 .－－西安：陕
西人民教育出版社，2025.3.－－ISBN 978－7－5757－0581－
3

Ⅰ .I565.85

中国国家版本馆 CIP 数据核字第 20252NK272 号

CIWEI JIEFEIXUN HE YIZHUANG SHIZONG'AN
刺猬杰斐逊和一桩失踪案

[法] 让－克劳德·穆莱瓦 著　[法] 安托万·龙佐 绘　张　昕 译

策　　划	奇想国童书	
责任编辑	巩长卿	
特约编辑	聂宗洋	
装帧设计	李燕萍	
出版发行	陕西人民教育出版社	
地　　址	西安市丈八五路58号	
经　　销	各地新华书店	
印　　刷	固安兰星球彩色印刷有限公司	
开　　本	889mm×1300mm　1/32	
印　　张	8.5	
字　　数	200千字	
版　　次	2025年3月第1版	
印　　次	2025年3月第1次印刷	
书　　号	ISBN 978－7－5757－0581－3	
定　　价	38.00元	

著作权合同登记号：陕版出图登字 25-2024-291